錬金術？
Alchemy? No, it's a synthesis of the item!
いいえ、アイテム合成です！
十一屋 翠
Juuichiya Sui
Illustration
赤井てら
合成スキルで
ゴミの山から
ニャット
間山香呼《まやまかこ》

ロストポーション
失った部位を再生させる効果がある回復薬
「お、俺の腕が本当に……!?」
イザック
「まさか……」
「奇跡……です!」

マーツ
パルフィ
メイテナ

♥
食事を終えたニャットは、
ゴロリとひっくり返って
ヘソ天のポーズをとる。
「とりゃーー！」
私はニャットのお腹に
情け容赦なくダイブした。
ふはははは！
モフモフだーー！

錬金術？いいえ、アイテム合成です！

合成スキルで
ゴミの山から
超アイテムを
無限錬成！

十一屋 翠
Juuichiya Sui
Illustration
赤井てら

本文・口絵イラスト：赤井てら
デザイン：杉本臣希

CONTENTS

第1話　神様のペットを助けました

——あれ？　ここは？——

気が付くと私は真っ白な空間に居た。

『気が付きましたか間山香呼《まやまかこ》』

何もない空間に慈愛《じあい》に満ちた女の人の声が聞こえた。

——誰《だれ》⁉——

『私は女神《めがみ》です』

すると私の前に女の人の輪郭《りんかく》をした光が現れた。

——女神様？　貴女《あなた》が？——

女神様って光るんだ。

『人間に私の本当の姿を見せると魂《たましい》が壊《こわ》れてしまうの。だからこうやって人間でも耐《た》えられる形にしているのよ。人間風に言うなら解像度を下げるというやつね』

解像度って……女神様意外と俗《ぞく》っぽい話題もいけそうな感じ。

『さて間山香呼、貴女は自分がどうやって死んだか覚えていますか？』

私がどうやって死んだか？　ええと確か学校帰りに……そうだ！　車に轢《ひ》かれそうになってる猫《ねこ》、いや犬、いやフェレットを助……あれ？　私何を助けたっけ？

あの時私は何かを助けた筈《はず》なんだけど、何を助けたのかを思い出せない……。

『間山香呼、貴女は私のペットを救って死んだのです』

「ペット？」

え？　あの生き物が神様のペット？

『その通りです。あの子ったら、外は危ないって言っておいたのに何も告げずに出かけちゃうんだから……ん、んんっ‼　私のペットは神界から抜《ぬ》け出して貴女の暮らす世界で散歩していたのです』

なんと、流石《さすが》女神様のペットだけあって散歩のスケールも大きいなぁ。

でも女神様の家？　のセキュリティはガバガバなのは分かった。

にしても意外だ。私自分が死んだのにあんまりショックを受けてないような……？　もしかして私って自分で思っているより物事に動じない人間だった？

『それは私の力で貴女が平静を保てるように調整したからです。でないと人間の脆弱《ぜいじゃく》な魂では死の衝撃《しょうげき》で精神崩壊してしまいますからね』

――ひえっ⁉　精神崩壊⁉――

うおお、マジですかぁ……女神様ありがとうございます……。

『さて、納得《なっとく》したところで話を戻《もど》しましょうか。間山香呼、貴女には私のペットを助けたお礼として、私直々《じきじき》に転生させてあげましょう』

――転生……ですか？――

『そうです、異世界に記憶《きおく》を持った状態で転生させてあげます』

異世界に？　何で？　生き返らせてはくれないんですか？

『残念ながら、貴女の世界は別の神様の管轄《かんかつ》なので勝手に生き返らせることが出来ないのです。具体的に言うとよそ様の家にペットが入り込《こ》んで盆栽《ぼんさい》を割ってしまった感じなのです』

神様いちいちたとえがマンガチックだな。しかもお父さんの本棚《ほんだな》にあるような古い漫画《まんが》みたいな。

『黙《だま》らっしゃい、んっ、んん。生き返らせることは出来ませんが、代わりに私の管理する世界への転生なら可能という訳です。いわゆる慰謝料《いしゃりょう》というやつですね』

慰謝料として転生かぁ、女神様の慰謝料は規模が大きいなぁ……。

『とはいえ、私の管理する世界は魔物《まもの》もいる過酷《かこく》な世界です。今のまま貴女が私の世界に来るのは自殺行為《こうい》。ですから貴女には加護を一つあげましょう。人間風に言うならゲームのスキルのようなものですね。このリストから選ぶがよいでしょう』

と女神様の前にゲーム画面のようなリストが現れ、そのまま私の前にやってくる。

リストにはご丁寧《ていねい》にスクロールバーまでついており、私の意思に合わせてリストがスクロールしてゆく。

リストには剣技《けんぎ》、槍技《やりわざ》、火魔法、水魔法、回復魔法といった戦いに使えるスキルから、鍛冶《かじ》、料理といった生活に役に立つスキルまで様々なものがある。

うん、ホントにゲームみたいでちょっとワクワクしてきた。

というか本当なら今日は新作ゲームの発売日だったんだよねぇ。

うん、自慢《じまん》じゃないが私もそれなりにゲームをやるんですよ。

まぁ運動神経無いので、ＲＰＧがメインなんだけどね。

私が買いに行こうと思っていたゲームは「エリゼの工房《こうぼう》」っていうアイテムをクラフトする長寿《ちょうじゅ》錬金術《れんきんじゅつ》ゲームの最新作だ。

アクションゲームが苦手な私だったけど、お父さんの部屋にあったこのシリーズの第一作「メリーの工房」をプレイして大ハマリしてしまったのだ。

何の役にも立たない素材アイテムをメリーが調合すると、それがさまざまな効果を持つアイテムになるのが楽しくて楽しくて、ついつい現実でもメリーを真似《まね》して醤油《しょうゆ》やらジュースやら混ぜて自作ポーションとかを作ったものである。……あとでお母さんにバレて物凄《ものすご》く叱《しか》られたけど。

うん、あの時はお尻《しり》がすっごく痛かった。

さすがに冷蔵庫の液体全部混ぜたのは自分でも悪かったと今では反省している。

ともあれ、その新作買いに行く途中《とちゅう》で神様のペットを助けたことで、ゲームの世界ならぬ本物の異世界に行くことになるんだから正にゲームみたいな展開だよ。

まぁ死んでるから割とシャレにならないんだけど。

……うん、神様の力で強引《ごういん》に冷静にしてもらえてよかった。

もしやってもらってなかったら色んな意味で大変なことになっていただろう。

ともあれ、そんな理由もあってゲームのようなスキルが貰《もら》えるというのなら、ワクワクしない訳がない。

いやまぁ、現実逃避《とうひ》ともいうんだろうけど。

でもいいじゃない、こんな状況《じょうきょう》なんだから現実逃避くらいしたって。

という訳で私はリストをスクロールしてスキルを見繕《みつくろ》う。

といってもある程度自分の欲《ほ》しいスキルに目星がついていた。

だってこの状況で私が欲しいスキルって言ったら一つだからね！

えーっとこれは合成で……その下は……あった、これだ！

――神様、私はこのスキルがいいです‼――

私が選んだのは『錬金術』スキルだった。

そう、折角好きなスキルを貰って異世界に行けるのなら、私もエリゼみたいにアイテムを調合出来る錬金術師になりたい‼

現実には存在しないポーションやエリクサーを本当に作り出せると思うとワクワクするよ！

それに私は戦うのは得意じゃないしね。

だから異世界でスキルを使うなら町から出ずに済む錬金術師がいいだろう。

町でお店を開いてアイテムを調合しながら暮らすのだ。

『本当にそのスキルで良いのですね？』

――はい！　このスキルでお願いします！――

私は勢いよく錬金術スキルを指差して頷《うなず》いた。

『いいでしょう、では貴女にはそのスキルを授《さず》けましょう』

女神様は鷹揚《おうよう》に頷くと私に向かって告げる。

『では行きなさい間山香呼よ。それとサービスで言語や読み書きは理解出来るようにしてあげます。また生前の肉体の性能では生きていくのは困難ですから、元の肉体をベースにこちらの世界の人間の平均値に調整しておきます。ついでに虫歯も治しておいてあげましょう』

――おお！　女神様超《ちょう》親切！　あっ！　ついでに胸ももう少し大きくして……――

『健《すこ》やかに私の世界を楽しんできなさい、間山香呼』

――あっ、待って！　だから胸を‼――

だが要望を伝えきる前に、私の意識は闇《やみ》に沈《しず》んでいったのだった。

『……ふぅ、一仕事終わったし一杯ひっかけてから帰りましょ。あー、女神ムーヴ疲《つか》れたぁー』

女神様！　ボイチャ？　切れてないですよ‼

◆

「う……」

意識を取り戻すと、光が目に飛び込んできた。

「うわっ」

一度目をつぶり、ゆっくりと目を開く。

最初に見えたのは緑。

うっそうとした木々と、その隙間《すきま》から洩《も》れた光だ。

「ここは……森？」

どうやら私は森の中に居るみたいだった。

「ええと……確か私は死んで、女神様と出会って異世界に来たんだよね……」

私は深呼吸をしながらこれまでに起きたことを思い出す。

ってことはここが異世界？

周囲を見回せば、見たことのない植物。

見覚えのある植物に似ているものもあれば、明らかに地球の植物とは思えないものもある。

「おお……本当に異世界に来たんだ……」

さすがにこんな物を見れば、実は壮大《そうだい》なドッキリとかではなく本当に異世界に来たんだなと実感する。

「……はっ！　そうだ胸!!」

私は急ぎ自分の胸を触《さわ》って確認《かくにん》する。

「サイズは……ちっ、同じか」

残念なことに女神様は私の胸のサイズアップはしてくれなかったようだ。

サービス悪いな女神様。

自分の胸を触って気づいたけど、布の感触《かんしょく》が違《ちが》う。というか服が違う。

元の世界の私は学校帰りだったので制服を着ていたけど、今の私は見たこともないファンタジーな服を着ていた。

服はうす茶色の布地に赤の染料で模様が描《えが》かれている。

なんというか民族衣装《いしょう》って感じだ。

「それに鞄《かばん》」

鞄の中を見ると、中にはナイフが一本と革製《かわ》の水筒《すいとう》がひとつ。更《さら》に小袋《こぶくろ》の中にパンが入っていた。

どうやらこれは神様からのサービス、ゲームでいう初心者キットというヤツだろう。

おっと神様の口調が移った。

「さて、手持ちの装備は確認したし、これからどうするかだよね」

まず第一の目的は森を出て人里に行くことかな。

さすがに一人で森の中を歩くのはヤバイ。

「でもその前にすることがあるよね」

私は近くに生えていた草を二本引き抜く。

「錬金術スキルで薬を作っておけば、町で暮らすための軍資金になる！」

そう、最初にすることは錬金術スキルの実験だ！

「ええと、スキルってどうやって使うんだろ？　神様ゲームみたいな説明してたし、説明画面とか出ないかな？　なんか出ろー！」

私がスキルの説明をしてくれーと念じると、目の前に半透明《とうめい》の板が現れた。

「おおー！　ホントに出た‼　ゲーム画面みたい！　さてさて、錬金術スキルの使い方はっと？」

『合成スキル：Ｌｖ１』

書かれていたのはそれだけだった。

というか……。

「合成？」

え？　待って待ってなんで合成？　私が選んだのは錬金術だよ？

「……はっ⁉　まさか私錬金術じゃなくてその上の合成を指差してた⁉」

そ、そんな！　ほんの数センチずれてた所為《せい》でスキルを間違えちゃったのぉーっ⁉

「んなぁぁぁぁぁぁぁぁぁっっっ‼」

森に絶叫《ぜっきょう》が木霊《こだま》した。

そうだよ、私の絶叫だよ‼

「合成って！　合成でどうしろっての‼　何を合成しろっての‼」

『アイテムとアイテムを合成することで新しいアイテムを生み出す』

叫《さけ》んだら再び目の前に半透明の画面が現れた。

「アイテムとアイテムを合成することで新しいアイテムを生み出す？　それってつまり錬金術みたいなものってこと？」

心の中に希望が生まれる。

「じゃあこの草とこの草を合成する‼」

両手に持った草を合成すると念じると、二つの草が光を放つ。

そして一つの草となった。

「この草はなんて草なの⁉」

『凄《すご》いサーク草：凄い雑草。生命力に満ち溢《あふ》れた凄い雑草』

「ゴミかっ‼」

私は瑞々《みずみず》しい雑草を地面に叩《たた》きつけたのだった。

第2話　死にスキルの可能性

私が一縷《いちる》の望みを抱《いだ》いて合成した草は雑草だった。

「雑草って！　凄《すご》い雑草って!!　ただの雑草じゃん!!」

何だコレ！　雑草が凄くても雑草だってーの!!

「う、うう……せっかく新しい世界でゲームみたいな人生をやり直せると思ったのに、まさかの使えないスキルとか最悪……」

うわぁぁ、ホントにどうしよう。

この世界って魔物《まもの》とかいるんでしょ？　そんな世界でせっかくのスキルが無駄《むだ》になったらシャレにならないって。

「い、いやいや、良く考えると薬草がどれか分かんなかったら錬金術《れんきんじゅつ》とかも無理じゃない？」

落ち込《こ》む心を落ち着かせる為《ため》、私は錬金術スキルを持っていたとしても上手《うま》くいったとは限らないと自分を納得《なっとく》させる。

「それを考えると合成に失敗……って訳じゃないけど実質失敗したようなものなのも合成に使ったアイテムがどんなものか分からなかったのが原因だよね。それで凄いサーク草とかいう雑草が……あれ？　雑草？」

ちょっと待って。私はこの世界の植物のことなんて分からないんだよ？

なのに何でサーク草って名前が分かったの？

私は地面に叩《たた》きつけた雑草を再び手に取る。

「この草の情報を教えて！」

『凄いサーク草：凄い雑草。生命力に満ち溢《あふ》れた凄い雑草』

目の前に半透明《とうめい》の画面が現れ、雑草の名前が表示される。

「やっぱりだ」

理由は分からないけど私には手にしたアイテムの情報が分かるんだ！

つまり鑑定《かんてい》能力があるってこと!?

そういえば神様に見せてもらったスキルリストに鑑定スキルがあった気がする！

「じゃあこの草の情報を教えて！」

私はサーク草とは違《ちが》う草を拾って情報を求める。

『……』

けれど何故《なぜ》かその草の情報は現れなかった。

「あれ？　じゃ、じゃあこっちは？」

私はいくつも草や木の実を拾うと、鑑定しろーと念じる。

けれどその全《すべ》てが無反応だった。

「どうしてぇーっ!?」

なおもいろんな物を手にして鑑定しろと念じる。

『サーク草：雑草。特に利用価値はない』

『萎《しお》れたサーク草：枯《か》れかけている雑草』

「サーク草ばっかじゃん‼」

何で雑草しか鑑定出来ないの‼

「雑草鑑定士か私は‼　むしろ何でサーク草だけ鑑定出来る訳？」

この奇妙《きみよう》な状況《じようきよう》に私は頭を悩《なや》ませる。

もしかしたら鑑定能力が使えるようになるかもしれないのだ。

合成スキルが使い物にならないのなら、鑑定スキルで……合成？

「あれ？　もしかして……」

あることを思いついた私は、サーク草以外の草を三本引っこ抜《ぬ》く。

この三本は全て同じ形をした同種の草だ。

「この草の情報を教えて！」

全ての草に対し鑑定を試みるけれど、やっぱり何も分からない。

私は三本のうち一本を地面に置くと残る二本に再び合成スキルを使う。

「合成‼」

スキルを使用すると二本の草が輝《かがや》き一本の草になった。

うん、やっぱり見た目は変わらないね。

「この草の情報を教えて！」

『凄いウト草：高品質なウト草。非常に薫《かお》り高く、肉料理などに使った場合、香草《こうそう》独自の刺激《しげき》を丁度良い具合に抑《おさ》えつつ肉の臭《くさ》みを取り、味わいをまろやかにしてくれる』

「やったぁー‼」

予想通り！　合成スキルでアイテムを合成すると、合成したアイテムの情報が分かるようになるんだ‼

「そして残しておいたこの草を鑑定！」

『ウト草：香草として使える草、肉に使うと臭みを取ってくれる』

「やっぱり！　合成すると合成元の素材も鑑定出来るようになるんだ‼」

これはありがたいよ！　ちょっとひと手間かかるけど、合成スキルだけじゃなく鑑定スキルに近い能力もあるなんて‼

もしかしたらこのスキルはかなり有用なスキルなのかも‼

◆

「さて、希望が見えてきたところで改めてスキルの確認《かくにん》だね」

そう、最初の合成に失敗したと思ったことでうっかりスルーしていたけれど、合成スキルというからにはこのスキルは二つ以上の物体を合成するスキルということだ。

ただその条件はどうなっているのか。

まず最初にサーク草とサーク草を合成したら凄いサーク草になった。

このことから同種の素材同士だと質が良くなる法則があるんだと思う。

ウト草もそうだったし。

「じゃあ全く別の素材同士だったら？」

私は両手に二つの素材をのせる。

一つは草、もう一つは木の実だ。

「この二つの素材を合成したらどうなるのか」

意を決して合成を開始する。

「この草と木の実を合成‼」

すると木の実と草が消え、私の手の上には草と木の実を混ぜたような植物が現れた。

明らかに全く別の植物だ‼

『コンジュの根：食用の球根。焼くと美味《おい》しい』

「おおーっ‼」

合成スキルが初めてまともな効果を発揮したことに私は興奮する。

更《さら》に合成元の草と木の実を手に取り念じる。

「この木の実と草の情報を教えて！」

『ポタン草：花を乾燥《かんそう》させるとポタン茶として飲むことが出来る』

『マルマの実：渋《しぶ》く食用には向かない』

「やったぁー‼」

よし！　異種同士でも合成前の素材の鑑定は可能だ！

しかも食用じゃない素材同士を合成して食用の素材を作ることも出来た‼

「これならいざという時にご飯を確保出来るよ‼」

失敗だと思った合成スキルだけど、実際に使ってみれば錬金術とは別の意味で違うアイテムを生み出す凄いスキルだった。

「ポーションとかを作る力はないみたいだけど、使い方によってはかなり使えるかも‼」

うんうん、これは希望が見えてきたよ‼

「よーし！　それじゃあ手当たり次第《しだい》に合成して鑑定能力を鍛《きた》えるぞー‼」

私は目についた見たことない草や木の実を見つけては合成をしてゆく。

食べれる木の実や薬になる草などの情報が蓄積《ちくせき》されていき、未知の森が宝の山に見えてくる。

「……けど、ちょっと採りすぎちゃったな」

気が付けば採取と合成した収穫物《しゅうかくぶつ》でちょっとした小山が出来上がっていた。

「うーん、これはさすがに持っていけないかな」

神様から貰《もら》った鞄じゃこれ全部を運ぶのは無理だ。

ゲームみたいに無限にアイテムが入れば良かったんだけど、残念ながらこれは普通《ふつう》の鞄だった。

「となると質の良い薬草や食べ物だけを選んで、残りは捨てて……」

と、そこで私はもう一つ思いつく。

「そうだ、最初のサーク草同士を合成したら凄いサーク草になったよね。ウト草も高品質になったし。ってことは同じ薬草同士を合成すればもっと凄くなるかも？」

思いついたら一直線。さっそく私は同じ薬草同士を合成してみる。すると……。

『凄いスクリ草：ポーションの材料になる質の良い薬草。煎《せん》じて使うと効果の高い傷薬が作れる』

「やっぱり‼　これなら採りすぎた分を全部質を上げるのに使えるよ‼　これを利用すれば薬草が高値で売れる筈《はず》！」

ゲームなんかでも素材の質は完成したアイテムの品質に影響《えいきょう》するもんね。

この世界でもきっとそれは変わらない筈‼

私は鞄《かばん》に収まるギリギリの量になるまで収穫物を合成してゆく。その結果……。

『最高品質のスクリ草：完璧《かんぺき》な手入れをされた採れたての薬草。これ以上の品質はない』

「お、おお……やり過ぎちゃったかな？」

気が付けば殆《ほとん》どの収穫物が最高品質になっていた。

まぁでも、品質が良い分には問題ないか。

「ふふ、これなら常に最高品質の薬草を採取することができる凄腕《すごうで》の採取士になれるんじゃないの私？」

私は収穫物を鞄に詰《つ》め込むと、立ち上がる。

「さて、いい感じに金策の目処《めど》もついたし、そろそろ町に行くとしましょうか‼」

とそこでふと気づいた。周囲は見渡《みわた》す限りの森。

「町、どっちだろ？」

うん、町の方向が分からない。

「……もしかして迷子？」

なんということだろう、異世界にやってきた私は旅に出る前から迷子になっていたのだった。

◆

「うう……まだ森を抜けない」

あれから私は森を抜けるべく、一直線に森の中を進んでいた。

その手には魔物に襲《おそ》われた時の為に作った短い槍《やり》が握《にぎ》られている。

神様から貰った初期セットの中にあったナイフも先端《せんたん》を尖《とが》らせてあるので、多少は攻撃力《こうげきりょく》がある筈。

でもさすがにそれだけだと不安なので、合成スキルで片《かた》っ端《ぱし》から木の枝を合成しておいた。

『最高品質の木の短槍《たんそう》：木製だが鉄に迫《せま》る硬《かた》さを誇《ほこ》る短槍。作り手の腕が未熟の為、威力《いりょく》はまぁまぁ』

未熟で悪かったな！　私は武器職人じゃないんだよ！

それでも頑丈《がんじょう》さは結構なものなので、攻撃を受ける盾《たて》代わりにはなるだろう。

「ふぃー、疲《つか》れた」

合成スキルの恩恵《おんけい》で得た鑑定能力で安全性が確認出来た果物を食べて多少喉《のど》を潤《うるお》す。

「水があればなおいいんだけど」

残念ながら川も泉も見当たらない。

「ああでも、川の水とか飲んだらダメなんだっけ」

確か細菌《さいきん》かなんかが怖《こわ》いってテレビで言ってた気がする。

「それにしても暗いなぁ」

森の中は薄暗《うすぐら》くていまいち視界が良くない。

「さっき居た場所はもっと視界が良かったんだけどなぁ」

そこで私ははたと気付き、木々の隙間《すきま》から見える光を、いや空を確認する。

「しまった‼」

木々の隙間から見える空の色はオレンジ。

そう、合成スキルの解明に時間をかけていた所為《せい》で、日が落ちかけてしまっていた。

「うわぁーマズいマズいマズいよ‼」

日が落ちた森の中で一晩過ごすとかぜったいやばい！

元の世界でも場所によっては熊《くま》やイノシシとかが出て危険なのに、魔物が居る異世界で夜の森とか絶対自殺行為《こうい》だよ！

「せめて森を抜けないと‼」

私はペースを上げて移動を再開する。

けれど気づくのが遅《おそ》すぎた。

気が付けばあっという間に日は落ち、周囲はまともに動くことも出来ない程《ほど》の暗闇《くらやみ》に覆《おお》われてしまったのだ。

「こ、こうなったら物陰《ものかげ》でじっとして一晩やり過ごすしかないか」

これ以上動いても危険と判断した私はどこかに隠《かく》れる場所が無いか探す。

「大きな木の洞《うろ》とかあるといいいんだけどなぁ」

かなり暗いから、殆ど手探《てさぐ》りで確認しないといけない。

うわぁ、これホントにやばいよ。早く隠れないと。

けれど悪いことは重なるもの。

「グルルルッ」

「ひっ⁉」

明らかに生き物の声と思われる音が聞こえたのだ。

「……」

息をひそめて周囲を見回すけれど、真っ暗になった森では全く視界が利《き》かない。

まさか神様が言ってた魔物⁉　いや野生動物でも明らかにヤバい唸《うな》り声だけど‼

「グルルルゥ」

やっぱり聞こえた。

私はしゃがみ込んで近くの木の陰に隠れる。

「グルルルル」

けれど声はどんどん近づいてくる。

これ完全に私のことに気づいてるよね⁉

「う、うわぁぁぁぁっ‼」

私は大きな声をあげながら木の短槍を振《ふ》り回して声の主を威嚇《いかく》する。

とにかく相手を近づかせないようにしないと‼

だけど相手は夜の闇を味方につける狩人《かりゅうど》。

森の素人《しろうと》である私の行動は無駄なあがきでしかなかった。

「グオゥッ‼」

いつの間に接近してきたのか、何かが私に襲いかかってきた。

同時にガギンッという音と共に重い衝撃《しょうげき》が腕に走り、体が地面に叩きつけられる。

「うあっ⁉」

背中が痛い！　それに攻撃された！　ヤバいヤバいヤバい‼

「グルオォ‼」

倒《たお》れた私の体に何かがのしかかってくる。

手にした短槍で押《お》しのけようとするけど、力が違いすぎる。

再びガリッという音が腕に響《ひび》く。

痛みはない。多分短槍に当たった音。

よかった！　凄いぞ最高品質の木の槍！　鉄に迫る硬さなだけある‼

でもそんな幸運がいつまでも続くとは思えない。

完全にマウントを取られたこの状態じゃもう攻撃を避《さ》けるのは無理だろう。

「だ、誰《だれ》か助けてぇーっっ‼」

恐怖《きょうふ》から逃《に》げるように私は大声で助けを求めた。

こんな森の中に人が居るはずもないのにだ。

しかし、意外にも助けは現れた。

「フニャァオッ‼」

「グルォアゥ⁉」

紅《あか》い光が視界の外から現れ、私を襲っていた獣《けもの》にぶつかる。

再び腕に衝撃が走ったかと思うと、私を押し倒していた獣の重みが消えた。

た、助かったの⁉

「グゥォウ‼」

紅い光に照らされたその姿は、大型犬ほどもある狼《おおかみ》。

ただしその目は殺意と警戒《けいかい》に満ちた目でギラギラと輝いている。

明らかに普通の動物じゃない。なんていうか悪意のようなものを感じる。

そんな私と獣の間に、白い影《かげ》が立ちはだかる。

「フニャアゴッ‼」

「グルゥッ」

その影に警戒したのか、獣は慌《あわ》てて森の中へと逃げ込む。

「フニャゥヴ‼」

どこかへ行け！　と言っているかのような影の雄叫《おたけ》びに、獣の足音がどんどん小さくなっていき、
遂《つい》には聞こえなくなった。

「不利を悟《さと》って逃げたみたいニャ」

獣の気配が消えると、可愛《かわい》らしい声が聞こえ、白い影がこちらに振り向く。

ランプのようなライトの様な赤く不思議な揺《ゆ》らぎを持った灯《あか》りに照らされたその姿は……。

「やっと追いついたニャア」

「……デッカい猫《ねこ》だ」

大きな大きな喋《しゃべ》る猫だった。

第3話　デッカいネッコ族と護衛契約《けいやく》

「デッカい猫《ねこ》だ」

私を助けてくれたのは、人間ほどもある大きさの巨大《きょだい》な猫だった。

一瞬《いっしゅん》ライオンや虎《とら》かとも思ったけど、それにしてはフォルムや顔が可愛《かわい》すぎるから猫だ。

「猫じゃニャー！　ニャーはネッコ族のニャットだニャ‼」

だけど目の前の猫は自分を猫じゃないと否定する。

「ネッコ族？」

「そうニャ！　勇猛果敢《ゆうもうかかん》で誇《ほこ》り高いネッコ族の戦士ニャ‼」

何それ、エルフみたいな異世界の種族ってこと？

「えと、すみません。私ネッコ族って初めて聞いたので」

「ネッコ族を知らないニャ⁉　戦士の中の戦士と名高いネッコ族ニャ⁉」

私が知らないと言うと、ニャットはかなり驚《おどろ》いたらしく尻尾《しっぽ》をブワッとさせる。

うーん、どう見ても大きなネコ。

「ま、まぁ世の中は広いニャ。偶々《たまたま》ネッコ族が居ない土地で暮らしていたならそういうこともあるかもしれんニャー」

ショックを受けていたニャットだったけど、すぐにそういうこともあるだろうと納得《なっとく》してくれる。

ネッコ族って切り替《か》えが早いんだなぁ。

「それにしてもおミャー、こんな所で何してたニャ？　森の中を明かりもつけずに歩くとか死ぬ気ニャ？　ニャーが助けなかったらフィアウルフに殺されてニャよ？」

「っ⁉　あっ、その、助けてくれて……ありがとうございます」

暗闇《くらやみ》の中で獣《けもの》に襲《おそ》われた時の恐怖《きょうふ》を思い出して、体に震《ふる》えが走る。

「ニャ、ちゃんとお礼が言えるのは良いことニャ」

「あの、私道に迷って、それで……」

流石《さすが》に異世界に転生したとは言えないので、嘘《うそ》はつかずに事実を伝えることにする。

「あー、薬草採取に熱中して日が暮れる前に森を抜《ぬ》けれなかったのかニャ。さてはおニャあ新人冒《ぼう》険者《けんしゃ》ニャ？」

「冒険者？」

え？　何？　この世界って冒険者も居るの⁉

あっ、そっか、魔物《まもの》が居るんだから戦士みたいな職業の人が居てもおかしくないよね。

「ん？　冒険者じゃニャいのかニャ？」

「ええと、私は……ある事情で旅をすることになりまして……」

「あー、ニャーの村の戦士の試練みたいなもんかニャ。一人前になるまで故郷に戻《もど》れないとかそんなヤツニャ？」

「あっ、はい。そんな感じです」

実は違《ちが》うんだけど、そういうことにしておこう。

実際もう故郷に帰ることは出来ないんだし……。

「……うっ」

いけない、帰れないことを思い出したら涙《なみだ》が出てきた。

「ニャッ⁉　ニャニャ⁉　何で泣くニャ⁉　おニャーは助かったから泣かなくていいニャよ⁉」

ニャットはそう言って慰《なぐさ》めてくれるけど、私は自分の見通しの甘《あま》さを後悔《こうかい》していた。

死んだはずなのにゲームみたいなスキルのある異世界に転生出来るなんてラッキーくらいに思ってたけど、現実はゲームとは違った。違い過ぎた。

ついさっき感じたあの恐怖、暗闇で姿は見えないのに私を殺そうとした強烈《きょうれつ》な殺意は思い出しただけで震えが走る。

楽勝なゲームどころか日本とは比較《ひかく》にならないくらい命の危険がある世界なんて超《ちょう》ハードモードじゃない‼

完全に異世界を舐《な》めていた。

神様がスキルをくれるって言ってくれたのも納得だよ。

ああ、こんなことなら戦闘《せんとう》用のスキルを貰《もら》った方が良かったかもしれなかった。

「あー、えーっと……とりあえず森の外に出るニャ‼　いつまでもここに居たら危ないニャ！」

黙《だま》り込《こ》んだ私に気まずくなったのか、ニャットは慌《あわ》てて話題を変えて森を出ようと言ってきた。

「外は……遠いんですか？」

「いんや、すぐそこニャ。街道《かいどう》で野宿の準備をしてたらおニャーの助けを求める声が聞こえてやって来たのニャ」

ついてこいと言うニャットに従って森の中を進むと、本当に数分もしない内に視界が開けた。

薄暗《うすぐら》い空を彩《いろど》る一面の星空。

月明かりは満月の夜みたいに周囲を確認《かくにん》出来る程《ほど》に明るかった。

それもその筈《はず》、空には二つの月が地上を照らしていたからだ。

片方は私もよく知る月の光、もう片方は蛍光灯《けいこうとう》のようなちょっと機械的な光だ。

森の外は平野になっていて、すぐ傍《そば》には街道らしき道も確認出来た。

「こんな近くに出口があったんだ……」

「森の中はあっという間に暗くなるニャ。慣れない内は深入りせずに森の外が見えるあたりで活動するべきニャ」

森を出て安心していた私に対し、森で活動する際の注意点を教えてくれるニャット。

「あの、改めてありがとうございます。お陰《かげ》で助かりました。私は間山香呼《まやまかこ》といいます」

命を助けられただけでなく、森の外にまで案内してくれたニャットに再度お礼を告げる。

けれどニャットは手をパタパタと振《ふ》って気にするなと言ってきた。

「二度の礼は不要ニャ、マヤマカコ。ニャーは子供が救いを求める声が聞こえたから助けただけニャ。戦士は子供に優《やさ》しくするものニャ」

「こ、子供ってほど子供じゃないですよ私」

失敬な！　確かにクラスメイトに比べれば小柄《こがら》だけど子供って言うほど幼くはないし！

「怖《こわ》くて泣くようじゃまだまだ子供だニャ」

「ち、ちーがーいーまーすー！」

「安心するニャ。ニャー達《たち》おとニャは子供を守るものニャ」

ムキになって否定するも、ニャットはどこ吹《ふ》く風だ。

ぐぎぎ、おのれぇー。

「ほれ、そこにニャーの野営場所があるニャ」

ニャットが指、というか手を翳《かざ》した先を見ると、暗い闇の中に赤々とした灯《あか》りが揺《ゆ》らめいていた。

そして彼《かれ》に勧《すす》められるままに焚火《たきび》の傍に座《すわ》ると、その暖かさに思わずため息が漏《も》れる。

「おニャーも疲《つか》れただろうから、湯でも飲むニャ」

そう言ってニャットは鞄から木のコップを取り出すと、焚火にかけてあったヤカンを傾《かたむ》けてお湯を注ぐ。

意外と器用だなぁ。それとも毛皮の中は人間みたいな手があるのかな？　うん、怖いから考えないようにしよう。

「ど、どうも」

木のコップを受け取った私は、その中で湯気を立てていたお湯をそっと口の中に流し込む。

ああ、温かい……。

「ちょっと熱めだけど大丈夫《だいじょうぶ》かニャ？」

「あっ、はい。大丈夫です」

ニャットは熱いと言っていたけれど、私には丁度いい温度かな。

あっ、もしかしてネコだからネコ舌とか？

「……はぁ、あったかい」

焚火と温かいお湯の熱が体に染《し》みわたると、さっきまで感じていた恐怖が少しだけほどけていくのが分かる。

ああ、温かいってそれだけで安心するんだね……。

「ほら、メシでも食べるにゃ。森に入る前に焼いていた肉がそろそろ焼けるころニャ。肉は全《すべ》てを解決してくれるニャ」

そう言って今度は焚火の傍から木の枝に刺《さ》さった肉を差し出してきた。

こういうのも串《くし》焼き肉っていうのかな?

「ありがとうございます」

助けてもらっただけじゃなくご飯まで貰っちゃった。

何から何まで申し訳ないなぁ。

「ホフホフッ、美味《うま》いニャ‼」

自分の分を手に取ったニャットは美味《おい》しそうに串焼き肉を頬張《ほおば》っている。

「これが私の初めての異世界ご飯……」

一体何の肉なんだろうかとちょっと不安を感じつつも、肉の焼ける香《こう》ばしい匂《にお》いには逆らえない。

そういえばもう半日以上もご飯を食べてないんだよね。

うん、腹が減っては戦《いくさ》は出来ぬと言うし、ニャットも食べているから毒ということはないだろう。

まぁ人間とネッコ族の胃腸の強さや構造の差がどれだけあるかは分からないけど、どのみちいつまでも食べない訳にはいかない。

私は決意を込めて肉にかぶりついた。

「モグ……うっ」

肉に噛《か》み付いた瞬間、口の中一杯《いっぱい》に独特の臭《くさ》みが広がった。

うわっ、キツッ‼

調味料一切《いっさい》なしで単純な肉の味だけしかしないから臭みがダイレクトに鼻の奥《おく》にくる……なんていうかジビ……エ？

「美味いニャ？」

「え、ええ……はい。美味しい……です」

ニャットの善意１００％の眼差《まなざ》しを前にしては、とてもじゃないけど不味《まず》いとは言えない。

「それは何よりニャ！　丁度ついさっき活《い》きのいいフィアウルフを狩《か》ったところだから肉はたっぷりあるニャ！　腹いっぱい食べるといいニャ‼」

そう言ったニャットの視線の先には、巨大な肉の塊《かたまり》が。

こ、これを全部食べるの⁉

「せ、せめて塩でもあれば……あっ」

私は鞄から香草《こうそう》を取り出すと、それを焚火で強めに炙《あぶ》って乾燥《かんそう》させる。

普通《ふつう》の香草なら大した効果はないかもしれない。

でもこれは合成スキルで合成しまくった最高品質の香草！

お願い！　私を助けてスーパー香草君‼

私は切実な思いと共に乾燥した香草を手で砕《くだ》いて肉に振りかける。

フワリと広がるのは香ばしい香草の香《かお》り。

「こ、これなら……っ！」

意を決して再び串焼き肉を齧《かじ》ると、臭みの代わりにスパイシーな香草の味が口の中一杯に広がった。

「うん、これならいける！」

香草を振りかけた肉は、香草の香ばしさによって肉の臭みが大きく薄れ、寧《むし》ろこの野趣《やしゅ》に溢《あふ》れた味わいが香草の香り高さを引き立てていた。

うん、流石は最高品質に合成したスーパー香草君だよ！　凄《すご》く香ばしくて美味しくなった!!　ありがとうスーパー香草君!!

「それは何ニャ？」

私が香草を振りかけるのを見ていたニャットが耳をピコピコと動かしながら聞いてくる。

ううっ、おっきなネコ可愛いなぁ……。

「香草です。良かったら使いますか？」

「もしかして香辛料《こうしんりょう》かニャ!?　それじゃあ頼《たの》むニャ!!」

私は残っていた香草をニャットの肉に振りかける。

「モグッ……これは!?」

お肉を食べたニャットがまるでフレーメン反応を起こした猫のように顔をクワッとさせる。

「お、お口に合いませんでしたか？」

「うミャいニャー！　とんでもなくうミャいニャー!!」

ニャットはそう叫《さけ》ぶと、お肉をガツガツと食べ始める。

「その草をこっちの肉にも振りかけて欲《ほ》しいニャ!!」

「あっ、はい」

　要望通り香草を焼かれていた串焼き肉に振りかけると、ニャットは残った肉を物凄い勢いで食べ始めた。

「うニャー！　うミャーニャ‼　こんなにうミャー肉は久しぶりニャ‼」

　そ、そこまで言うほどかな？　ただ炙った香草を振りかけただけなんだけど。

「ほんとは焼く前にスジを切ったり、あらかじめ香草で肉を揉《も》んでおくともっと味が染み込んで美味しくなったんですけどね」

「ニャンと⁉　もっとうミャくなるのニャ⁉　おニャーは料理人だったのニャ⁉」

　ニャットは信じられないと目を丸くして驚く。

「料理人なんて大したもんじゃないですよ。お母さんの手伝いをちょっとしてただけですって」

　将来大人になった時に役立つから覚えておけって言われて手伝わされたんだよね。

　けっしてご飯の手伝いしないとお小遣《こづか》い減らすって脅《おど》しに屈《くっ》した訳ではありません。

「成る程、おニャーの母親は料理人なんだニャ」

「いやそうじゃ……いえもうそれでいいです」

「ふーむ、そういうことニャら……」

　とニャットは何かを思案し始めたんだけど、その仕草は猫が手で顔を洗っているようで妙《みょう》に可愛い。

「……おニャーに提案があるニャ」

　ニャットは神妙な声で私に語りかけてくる。

「提案……ですか？」

「おニャー、ニャーの料理人にならないかニャ？」

「料理人？　私が？」

ニャットからの提案はなんと私に料理人になれというものだった。

「旅の間の飯ってのは保存食を食べるか狩った獲物《えもの》を焼くくらいニャ。でも料理人じゃないニャーでは美味い料理は作れないのニャ」

あー、確かに。ネコの手じゃ繊細《せんさい》な料理は無理そうだよね。

「町でソースとかを買っておいて焼いた肉にかけるとかは駄目《だめ》なんですか？」

「無茶言うニャ。ソースは料理人の命ニャよ？　その場で食べるならともかく、ソースだけ持ち出したら誰《だれ》にレシピを解読されるか分かったもんじゃないニャ。だから塩や香辛料を買うくらいは出来てもソースを買うなんて無理にも程があるニャ。というか香辛料もどうやって使えばいいか分からんニャ」

あー、確かに料理漫画《まんが》とかに出てくる一流シェフのレシピって門外不出だったりするもんね。

「けどおニャーが料理を作れるなら、旅をしている間でもニャーは料理屋で食べるのと同じ美味い料理を楽しめるニャ！」

ふむふむ、確かにニャットの言う通り料理のレシピが貴重な世界なら、護衛を雇《やと》うよりも料理人として雇ってもらう形の方がいいかもね。何せ私はこの世界のお金を持ってない訳だし。

「どうニャ？　ニャーの料理人になるなら、一緒《いっしょ》に旅をしている間ニャーがおニャーの護衛をしてやるニャ」

うん、雇われ料理人ってのも悪くないかも。

「分かりました！　私ニャットさんの料理人になります！」

「決まりだニャ。おニャーの目的地はどこニャ？」

「えっ？」

目的地と言われて私は戸惑《とまど》ってしまう。

だってこの世界に私の知っている場所はどこにもないのだから。

「え、ええと……安全な町でお店を開きたいと思ってるから、はっきりとどこが良いとは……」

「成る程ニャ。それじゃあおニャーが気に入った町に着くまではニャーが護衛をしてやるニャ！」

「うん、よろしくね！」

「ニャ、これでニャーとおニャーは対等な関係ニャ、マヤマカコ。敬語も要《い》らんニャ」

「うん、分かり……分かった。私もカコでいいよ。ニャット」

ニャットが差し出してきた手を握《にぎ》り、私は彼との契約を受け入れ……あっ、肉球気持ちいい。

「それじゃあさっそくこれを頼むニャ！」

そう言ってニャットが指さしたのは、さっきの肉の塊だった。

「え？　これ全部？」

「確か焼く前の肉にその香草をすり込むともっと美味しくなるんニャ？」

「う、うん……」

あ、あはは、これ全部に香草をすり込むのかぁ……。

頼《たよ》りになる護衛と契約早々、私は大変な重労働に勤《いそ》しむことになるのでした……うう、明日は筋

肉痛で腕《うで》が痛くなるよコレ。

◆

「ニャニャッ⁉　じゃあおニャーはスキル持ちなのニャ⁉」

「うん。昨晩の香草も私のスキルで合成したの」

朝日が昇《のぼ》り町へと向かっていた私は、走るニャットの背中に乗りながらそう答えた。

私の歩く速度に合わせたら何日かかるか分からないと言われて乗せてもらえることになったんだけど、凄く速い。

ズシャア‼

ただ鞍《くら》も手綱《たづな》もないから振り落とされないように必死で掴《つか》まるのが大変だった。

しかも昨夜は肉の塊に香草をひたすら揉み込んだ所為《せい》で腕が筋肉痛だし……。

まぁお陰で朝ご飯は凄く喜んでもらえたから頑張《がんば》った甲斐《かい》があったけどさ。

ザシュ‼

更《さら》に道すがら出会った魔物達《たち》を鎧袖一触《がいしゅういっしょく》とばかりに爪《つめ》で切り裂《さ》きながら駆《か》け抜けているもんだからそれはもう物凄く揺れる。

そんな訳でニャットの乗り心地《ごこち》はさしずめ安全装置のないジェットコースターである。

っていうかネッコ族強すぎない⁉

必死でしがみ付くだけなのもキツいから、気分転換《てんかん》というか現実逃避《とうひ》を兼《か》ねてスキルの話を振ったら何故《なぜ》か物凄く驚かれたんだよね。

「マジかにゃ……アレがおニャーのスキル……」

何故かニャットは私がスキルを持っていたことを殊更《ことさら》に驚いていた。

おかしいな、神様に見せてもらったスキルリストの中じゃ地味な方のスキルだったと思うんだけどな。

何せ凄いのになると山一つ吹き飛ばすようなトンデモないスキルもあったくらいだし。

私はそんなの怖くて選べなかったけど。

あっ、もしかしてこんな地味スキルの持ち主が本当に居るんだって驚いてるとか？

「おニャー、絶対その話は他のヤツにするニャよ！」

けれどニャットは真剣《しんけん》そのものの声音《こわね》でスキルの話を人にするなと釘《くぎ》を刺してきた。

「え？　何で？　スキル持ってる人なんて他にも沢山《たくさん》居るでしょ？」

何しろ神様から直々《じきじき》にスキルがある世界だって言われたし、見せてもらったリストにはビッシリと何十ページ分ものスキルが記載《きさい》されていたんだから。

「スキル持ちなんてそうそういニャーよ！」

「え⁉　嘘っ⁉」

「スキル持ちは数万人に一人しかいない超レアな能力なのニャ。魔法使いの才能持ちが数百人に一人と考えるとどれだけ凄いか分かるニャ？」

「う、うん」

ええ⁉　スキル持ちってそんなに少ないの⁉

ニャットの発言を聞いて、私はふとあることに気付く。

この世界の住人の総人口が何人か分からないけれど、恐《おそ》らくは世界全体なら億単位でいるんじゃないかな？

そう考えると、億に対してリスト数十枚分のスキルは多いか少ないか。

勿論《もちろん》同じスキルの持ち主だって何人もいるだろう。

でも逆に特定のスキルの持ち主が現れなかった時代だってあったんじゃないかな？

中にはチートもチート、ドチートなスキルもいくつかあったし。

つまり、ニャットの言う通り、スキル持ちは希少でも不思議はないということだ。

しまった……私またゲームの感覚で考えていたよ。

ゲーム世界の総プレイヤー人口なら数万人程度だろうし、そもそもゲームなら誰だってスキルを持っている。

だってプレイヤーが主人公なんだもん。

でもこの世界はゲームじゃない。皆《みな》が皆スキルを持っていたら強力なスキルの持ち主が犯罪者や暴君になったら大惨事《さんじ》だ。

そう考えると神様がスキルの数を調整していたっておかしくはない。

それに神様も、全ての人がスキルを持っているって言ってなかったもんね。

そもそも、神様のペットを救ったお礼として貰ったんだから、それが特別な措置《そち》でなかった訳がない。

「やっぱ、やっぱりもっと真剣に選んでおけばよかったかも……」

「いいニャ？　スキルってのは神様から極稀《ごくまれ》に授《さず》かる貴重な加護ニャ。その力は普通の人間が何十年も修行《しゅぎょう》した技《わざ》や、入念な準備をしてようやく行う作業を一瞬で実現するトンデモない力なんニャよ？」

た、確かに……現実で考えると、質の悪い素材同士を合成して普通の素材にするとか、トンデモ能力だよね‼

うわぁ、ニャットが教えてくれて良かったぁ‼

「特に生産系のスキルは貴重ニャ。剛力《ごうりき》のスキルや剣技のスキルは修行や訓練次第である程度普通の人間でも近づくことは出来るニャがあくまでも個人レベルの力ニャ。けどおニャーのスキルは違うニャ。素材同士を合成するというその力は他人にも利用出来る力ニャ」

と、そこでニャットの声のトーンが下がる。

「それはつまり、強欲《ごうよく》なヤツや悪人に利用される危険があるってことニャ」

「……っ⁉」

い、言われてみればそうかも。

私の好きなゲームの世界じゃ当たり前の力だったけど、よく考えてみればその力がこの世界でも当たり前とは限らない。限らないことばかりだよ！

「まったく、最初に知ったのがニャーで良かったって言ったんだニャ！」

「そうなの？」

ニャットが最初で良かったってどういう……。はっ⁉　まさかニャットは私のスキルを独占《どくせん》しようと……⁉

「そうニャ。ニャー達ニャット族はおミャーら人族みたいにモノやカネに興味はないニャ。ニャー達が重要視するのは武勲《ぶくん》の誉《ほま》れと美味い飯ニャ。金だって美味い飯を食う以外に価値はないニャ」

おお……見た目のファンシーさに反して予想以上の脳筋種族……。

そして疑ってごめんなさい。ここがニャットの背中の上でなかったら五体投地して謝《あやま》っていたところです。

あ、いや、このモフモフに五体投地したら寧ろご褒美《ほうび》だよ。

「いいニャ？　絶対他人には教えるニャよ？」

「う、うん。分かった」

「……全く、そんなことも説明してニャかったのかご主人」

「え？　何？」

ニャットが何かを呟《つぶや》いたんだけど、その声は小さくて私には聞こえなかった。

「んニャ⁉　あ、あー、ニャんでもないニャ。ニャーは護衛だけじゃニャく、おニャーに常識を教えることもしニャいといけニャいって思っただけニャ」

「ウグッ」

確かにこの世界の常識はもっと知りたいかも。

「とにかくそのスキルを使うなら、人目に付かない密室で使うニャ。その力を大勢に知られたらいくらニャーでも守り切れないからニャ」

「は、はい！」

「まぁその時はニャーが世界の果てまで逃《に》がしてやるニャ」

やだこの子イケニャン‼

「ありがとうニャット‼」

「気にするニャ…………おニャーには借りがあるからニャ」

「え？　何？」

またしてもニャットが何か呟いたんだけど、相変わらず小声で聞こえなかった。

「町が見えてきたって言ったんだニャ」

「え⁉　町⁉」

ニャットの言葉に顔を上げれば、確かに道の向こうに壁《かべ》のようなものが見えた。

「あれが町……」

異世界に転生して一日と半分を経て、私は遂《つい》に異世界人達が暮らす場所へとやってきたのだった。

第４話　商人ギルドにやってきました

町へとたどり着いた私達《たち》は、中に入る為《ため》の行列に並ぶ。

待っている間、町の様子を見てみたかったんだけど、町は大きな壁《かべ》に覆《おお》われて中が見えない。

壁の上を見ると鎧《よろい》を着た兵隊さんが立っているから、壁の分厚さは１ｍ以上あるんだろうな。

「おっきい壁だねぇ」

「魔物《まもの》や盗賊《とうぞく》が攻めてきたときの為のものだニャ。この町の規模の割に壁がしっかりしているから、治安は比較的《ひかくてき》良さそうだニャ」

「そういうの分かるの？」

「ニャッ、壁は町が大きい程《ほど》作るのが大変になるニャ。防衛をおろそかにしている町長だと壁が低かったり、薄《うす》かったりするニャ。それに古い壁を補修せずにいるとそこを攻められたらあっさり壊《こわ》れることもあるニャ」

「壊れるのは怖《こわ》いね」

「ニャッ、だからこの町は出来てから比較的新しいか、防衛意識がしっかりしている権力者が上にいるということニャ」

成る程ねぇ。それにしてもニャットは物知りだなぁ。

「ただそういう町は設備の補修費用に税が高いことがあるニャら、住むなら安全と税のバランスを考えニャいといけないニャ」

「おおー、成る程」

さりげなくニャットは私が定住する時の注意点を教えてくれた。

なんというか細かいところに気を遣《つか》ってくれるんだよね。

そんな話をしながら進んでいくと、ようやく私達の番が来た。

「トラントの町へようこそ」

いかにも強そうな門番さんが私達を出迎《でむか》える。

へぇ、ここはトラントの町っていうんだね。

「入町税は3日で銀貨6枚だ」

入町税っていうのは入場料みたいなものなのかな？

「随分《ずいぶん》高いニャ。隣町《となりまち》は銀貨3枚だったニャ？」

「それが最近町に近づく魔物が多くてな。近隣《きんりん》の魔物討伐《とうばつ》と町の防衛のために予算が割《さ》かれてるんだよ」

ニャットが高いと文句を言うと、門番さんも申し訳なさそうに事情を説明してくれた。

詳《くわ》しく事情を教えてくれるあたり、意外と親切な人なのかもしれない。

ただそれはいいんだけど、ちょっと問題が……。

「あ、あの、私お金が……」

無い、と言おうとしたら、ニャットが私を遮《さえぎ》って前に出る。

「コイツの分の金はニャーが出すニャ」

「い、いいのニャット!?」

私、今お金持ってないんだよ⁉

「あとで返してもらうニャ」

「う、うん。その為にも薬草を売らないとね！」

早くお金を返す為にも何とか鞄の中の薬草達をお金に換《か》えないと‼

「なんだお嬢《じょう》ちゃんは商人なのか？」

そんな私達の会話を聞いていた門番さんが私は商人なのかと聞いてくる。

「そうニャ。けど魔物に襲《おそ》われて家族を失い、荷物の大半を無くして一人さ迷っていたのをニャーが保護したニャ」

「ちょっ、ニャット⁉」

何でそんな話になってるのよ⁉　そりゃ魔物に襲われたのは事実だけどさ！

「何だって⁉　そりゃあ大変だったなぁ嬢ちゃん。まだ子供だってのに」

「はぁ⁉　違《ちが》いますよ！　私は子供じゃありません‼」

心外だと反論するも私の言葉に分かってる分かってると頷《うなず》くばかり。いやホント何が分かったのさ⁉

「俺《おれ》にも娘《むすめ》がいるから他人事《ひとごと》じゃねぇなぁ」

もう一人の門番さんも私と自分の娘さんを重ねたのか、優《やさ》しい眼差《まなざ》しをこちらに向けてくる。

でも待って、何でそんなに視線が下にあるの？　娘さんって一体何歳《さい》⁉

「それにしても、ネッコ族に保護されるとは運が良かったな嬢ちゃん。コイツ等《ら》は子供に優しいからな」

「え⁉　あ、はい」

あいや、はいじゃないよ私！　これじゃ自分のことを子供と認めたってことになるじゃない‼

「町で商売をしたいのなら商人ギルドに許可を取りな。この先にあるコインが描《えが》かれた看板の建物がそれだ」

そう言って門番さんは私の頭をグシャグシャと撫《な》でまわす。

「あ、ありがとうございます……」

うぐぐ、完全に子供扱《あつか》いされてるぅー！

「頑張《がんば》れよ‼」

後ろで順番を待っている人達も居たことで、私は子供扱いを訂正《ていせい》することも出来ないまま町の中に入ることになってしまった。

◆

「うわぁーっ！」

町の中は正に異世界だった。

木やレンガで出来た建物、大きな通りのそこかしこでやっている木製の屋台。

何より凄《すご》いのは道行く人達の姿だ。

誰《だれ》もがファンタジー世界のような衣装《いしょう》を着ていて、中には鎧やローブを纏《まと》って剣《けん》や杖《つえ》を持っている人も居る。

それだけじゃなく、明らかに人間とは思えない人達の姿もあった。

「うそっ、あれもしかしてエルフ⁉　あっちはドワーフ⁉」

耳の尖《とが》った物凄い美形に、私よりも背の低い筋骨隆々《きんこつりゅうりゅう》の髭《ひげ》のおじさん達。

それに獣《けもの》の耳や尻尾《しっぽ》の生えたいわゆる獣人《じゅうじん》と呼ばれるだろう人達も居れば、全身が鱗《うろこ》に覆われた二足歩行するトカゲのような人達まで。

そこには見たこともない姿の人達が無数に居た。

「すっご……」

ニャットの所為《せい》で子供扱いされたことを怒《おこ》ろうと思っていた私だったけど、町の中の風景を見たことで怒《いか》りはすっかり吹《ふ》っ飛んでしまった。

「お上りさん丸出しでキョロキョロし過ぎて迷子にニャっても知らないニャー」

「ならないし‼」

失敬な！　そんな子供な訳ないでしょ‼

「ニャッニャッニャッ、それはそうとおニャーは色々危ニャッかしいから商人ギルドでも基本はニャーが相手をするから安心するニャ」

「え？　いいの？」

「おニャーは一般《いっぱん》常識を知らなすぎるニャ。だからニャー達の会話を聞いて勉強するといいニャ」

うう、意地悪なことを言ったかと思えばこれだよ。ホントにズルいなぁ。

まぁありがたいけどさ。

そうこうしている間に、私達はコインが描かれた看板のある大きな建物へとたどり着いた。

「ここが商人ギルド……」

他の建物に比べたら大きいけど、日本だとちょっと小さめのスーパーくらいの大きさかな？

でもこの大きさの建物が全部木で出来てると、明治や大正時代の歴史建築っぽさがあってちょっと緊張《きんちょう》するかな。

「さっさと入って金を稼《かせ》ぐニャ」

なんて考えていたのに、ニャットはさっさと建物に入って行ってしまう。

「ちょ、ちょっと待ってよー！」

まったく情緒《じょうちょ》が足りないんだからぁ！

◆

商人ギルドの建物の中に入ると、中は大きなホールになっていた。

中身としてはオシャレな喫茶店《きっさてん》みたいな感じかな？

広めに距離《きょり》を取ったテーブルがいくつも設置されていて、そこで何人もの人がお喋《しゃべ》りをしている。

「商人ギルドにようこそ。どのような御用《ごよう》でしょうか？」

どこで何をすればいいんだろうと思って周囲を見回していたら、20代後半くらいの女の人が話しかけてきた。ここの職員さんかな？

「コイツのギルド加入を頼《たの》むニャ」

「畏《かしこ》まりました」

ニャットが返事をすると、お姉さんは私をコンビニのレジのような場所に連れて行ってくれる。

「ではこちらの書類にお名前と種族、主に取り扱う商品をご記入《い》ください」

「え？　それだけなんですか？　住所とか年齢《ねんれい》とか戸籍《こせき》の分かる書類とか要らないんですか？」

それ以外何も書く場所のない、あまりにもシンプル過ぎる書類に肩透《かたす》かしを食《く》らい、思わず聞き返してしまった。

「失礼ですが、お客様方は旅の方ですよね？」

「は、はい、そうです」

「町の住人ならともかく、旅のお方の住所を確認《かくにん》するのは困難ですし、年齢も種族によって見た目の年齢や成人年齢がバラバラですから。戸籍に至ってはそんなもの取っていない町や村はザラにありますし、なんなら長寿族《ちょうじゅぞく》の方がとっくの昔に滅《ほろ》んだ国の戸籍を持ってくることだってあります」

「ニャハハハッ！」

お姉さんの説明がニャット的のツボに入ったらしく、後ろで笑い声が上がる。

もしかしたら異世界あるあるネタが今の会話にあったのかもしれない。

うーん、疎外感《そがいかん》。

「ですので我々としては商売をする個人を確認する為の名前と登録料さえ支払《しはら》ってもらえばそれで構わないのです。あっ、別に偽名《ぎめい》でも構いませんよ」

「は、はぁ……」

偽名でもオッケーとか凄いなぁ。

「ただそれはあくまで商売をする為の許可までですね。問題を起こしたらその町で商売出来なくなりますし、最悪は罪人として捕《と》らえられてしまいます。ですので少なくともこの町では問題を起こさず行儀《ぎょうぎ》よく商売をしてくださいね」

あっ、ただ緩《ゆる》いって訳じゃないなコレ。町の利益になるなら好きに商売していいけど、そうじゃないと分かったら即《そく》処分するから緩いんだ。

日本みたいにギッチギチのルールに縛《しば》られてないから簡単に始められる分、法律が守ってくれないヤツだ。

きっとちゃんとした商売というより、物騒《ぶっそう》なことも起きるフリーマーケットって感じなんだろうな……。

「え、ええと、商品はここに書いた物しか売っちゃダメなんですか？」

怖い考えを振《ふ》り払いつつも、私は書類で疑問に思ったことを確認する。

「そんなことはありませんよ。ただ書類に書いておけば、その商品を探しているお客様にギルドが商人を紹介《しょうかい》しやすくなるのです。商人としても顧客《こきゃく》を確保出来るので、なるべく細かく書いた方がいいですよ」

「成る程、つまりネット検索《けんさく》みたいなものなんだ」

「ネット……？　よく分かりませんが、お分かりいただけたのなら何よりです」

ええと、鞄に入ってるのは薬草の類と香草《こうそう》だから、とりあえずはそれだけでいいよね。

今後売る物が増えたらまた相談すればいいや。

神様のサービスのお陰《かげ》で読み書きが出来るのがさっそく役に立ったよ！　神様ありがとう‼

「出来ました」

「はい、確認いたします。お名前はマヤマ＝カコ様。取り扱う商品は……っ！　薬草類と香草……ですか。採取の経験はおありで？」

あれ、何だろ？　今一瞬《いっしゅん》お姉さんが妙《みょう》な反応をしたような気が。

「は、はい。まだ勉強中ですが……あっ、これ私が採取した薬草です」

口で説明するより見てもらった方が早いと思い、私は鞄から取り出した薬草をお姉さんに見せる。

「これは……っ⁉　かなり良い品ですね」

薬草を見た瞬間、お姉さんの目つきが変わる。

今まではお客様に対する愛想の良い顔だったのに、薬草を見た瞬間狩人《かりゅうど》のような眼差しになっていた。

「え、ええと……分かるんですか？」

「これでもギルド職員ですからね。ある程度の質は見れば分かりますよ。その、もし買い取りをご希望でしたら、当ギルドで買い取りますよ？」

うおお……寧《むし》ろ売れ！　売ってくれ‼　と目が語ってるのが分かるくらい圧が強い。

もしかしてギルドの方でも薬草が欲《ほ》しかったのかな？

でもまぁそれならこっちにとっても都合がいいね。

「じゃあそれでお願いします」

「よ、良いのですか？　この薬草の質なら、直接客に売った方が高く買い取ってもらえますよ？」

向こうから売ってくれと言ってきた割に、私があっさり頷くと驚《おどろ》かれてしまった。どっちやねん。

「ええ、まずはギルドに買い取ってもらった方が、私の採取する薬草の質を知ってもらえると思ったので」

ということにしておこう。

本当は自分で売るのがちょっと自信ないからなんだけど。

ほら、海千山千の商人達と価格交渉《こうしょう》とか、カモにされる未来しか見えないし。

でも商人ギルドが直接買ってくれるのなら、向こうも看板に泥《どろ》を塗《ぬ》るような価格では買ったりしないだろうなって。

「な、成る程、目先の小銭《こぜに》よりもまずは太いパイプを得る方を選びますか。非常に堅実《けんじつ》な判断ですね」

なんてことを考えていただけだったんだけど、何故《なぜ》かお姉さんは納得《なっとく》したとばかりに深く頷いた。

え？　いやそこまでは考えてなかったですよ？

「書類は確認いたしましたので後は入会料の支払いですが、この薬草を売ってもらえるのでしたら、買い取り金額から差し引くことも出来ますよ」

「じゃあ、それでお願いします」

正直ニャットにお金を出してもらうのは申し訳なかったのでありがたい。

早くニャットに入町税も返したいしね。

「では買い取りを希望される品をお出しください。なんなら手持ちを全部でも構いませんよ」

うーんそうだなぁ。ゲーム的な考えだと薬草とか少しは取っておきたいところだけど、現実だと鮮度《せんど》がどんどん下がって質が悪くなるだろうからなぁ。

ここは全部売っちゃおう‼

「じゃあこれ全部お願いします。こっちは香草と熱さましと……」

私は鞄から全《すべ》ての薬草や香草を取り出してテーブルの上に置く。

「ず、随分ありますね」

テーブルの上に置かれた薬草と香草を見て、お姉さんの顔がヒクついている。

「町に来る前に採取してきたんです」

「これ全て貴女《あなた》が採取してきたんですか……⁉　凄い、ざっと見ただけで全部高品質と分かりますよ……近隣にこれ程高品質の薬草が採取出来る場所があったなんて……一体どこでこんな……いえ、それよりもまだ安全に採取出来る場所があるのなら……」

お姉さんは薬草を見つめながらブツブツと呟《つぶや》いている。

「あの～……」

「はっ⁉　で、では査定をしますのでそちらの椅子《いす》で暫《しばら》くお待ちください」

「分かりました」

お姉さんは我に返ると、慌《あわ》ててテーブルの上の薬草を抱《かか》えてギルドの奥《おく》に駆《か》けて行った。

「終わるまで時間がかかりそうだから、ニャーは宿を取って来るニャ」

「うん、分かった」

商人ギルドを出て行こうとしたニャットだったけど、ピタリと足を止めるとこちらに振り返る。

「誰かに誘《さそ》われても勝手に建物から出るニャよ！　強引《ごういん》に誘われたらニャーが連れだって言って断るニャよ！」

「はいはい」

「あと珍《めずら》しい物に釣《つ》られてついて行ったら駄目《だめ》ニャよ！」

「私はお菓子《かし》に釣られて誘拐《ゆうかい》される子供か！」

全く失敬な！

その後何度も行こうとしては注意を繰《く》り返すニャットを強引にギルドから追い出すと、私は言われた通り椅子に座《すわ》って待つことにする。

「「「……」」」

うう、今の会話を見ていた人達の生温かい視線が痛い‼

おのれニャット‼　罰《ばつ》として宿に行ったらその毛を思う存分モフッてやる‼

とはいえ、待つだけって退屈《たいくつ》だなぁ。

元の世界なら待っている間スマホをいじってればよかったんだけど……。

ボーッと待っていると、眠気《ねむけ》が襲ってくる。

うーん、どうせ盗《ぬす》まれるようなものもないし、ちょっとくらい寝《ね》ちゃってもいいか……な……。

「マヤマ＝カコ様っ‼」

「ふぇっ⁉」

な、何ごと⁉　突然《とつぜん》の大声に眠気が吹き飛ぶ。

目の前にはさっきの受付のお姉さんのアップ。やだ素敵《すてき》、美人と至近距離。

「査定が終わりました」

「あ、はい」

どうやらウトウトしてる間に終わったみたいだった。

お姉さんに促《うなが》されてレジまで戻《もど》ると、彼女《かのじょ》は大きな布袋《ぬのぶくろ》をドンとテーブルの上に載《の》せた。

「こちら、薬草類と香草の買い取り金額金貨１２０枚です」

「……はい？」

袋の中は、山吹色《やまぶきいろ》のお菓子、いや金貨で埋《う》まっていたのだ。

金貨１２０枚？　なんかめっちゃ大金に見えるんですけど、もしかしてこの世界って金貨の価値低いとか？

「ええと、この国の貨幣《かへい》を見るのは初めてなんですけど、金貨1枚ってどのくらいの価値があるんですか？」

私は平静を保ちながらお姉さんに貨幣の価値を確認する。

「金貨1枚あれば安い宿に一月《ひとつき》は泊《と》まることが出来ますね。それなりの宿でも半月は泊まれます」

えっと、毎年東京に遠征《えんせい》する友達《ともだち》が泊まるビジネスホテルがご飯無しで一泊《ぱく》５０００円前後って言ってたっけ。

ということは1ヶ月だと30日×５０００円で15万円⁉

うおお、金貨ヤバイ……。

あ、あれ？　ということは金貨１２０枚は……。

「せんはっぴゃくまんえんっ⁉」

ちょっ⁉　薬草を集めただけで１８００万円ってマジですか⁉

「あの？　どうされましたか？」

「ひぇい⁉　あ、はい、大丈夫《だいじょうぶ》です」

うおお、お父さん、お母さん、貴方《あなた》達の娘は異世界で億万長者になってしまいました……。

「あ、あの、金貨以外のお金の価値も教えてもらえますか？」

「金貨以外ですか？　そうですね、銀貨１００枚で金貨1枚、銅貨１００枚で銀貨1枚となります。この辺りの換算は他国でも同じになりますね。国によって数え方が変わると商人だけでなくお役人様も大変になってしまいますから」

成る程、物価が変わっても計算式は統一してある訳か。

「それで代金ですが、全額持ち帰りますか？　それとも一部だけ受け取り、残りは銀行に預けますか？」

「銀行あるんですか⁉」

え⁉　嘘《うそ》⁉　異世界にも銀行ってあるの⁉

あ、でも歴史の授業でテンプル騎士《きし》団が銀行をやってたって話あったっけ。

「ええ、商人ギルドがある国であれば、商人はギルドカードを提示してくだされぱどこでもお金を下ろすことが出来ます。ただあまり大金ですと町によっては全額下ろすことが出来ません」

まぁ小さな町で億単位のお金とか要求されても出せないよね。

「ただし銀行を利用するには当ギルドに金貨10枚を上納金として支払い、青色商人となってもらう必要があります」

「青色商人ですか？」

何それ？　赤とか黒とか黄色とかピンクの商人もいるの？

「入会金銀貨50枚を支払って商人ギルドに入会した時点で全ての商人は白色商人というランクの一

番低い商人として登録されます。白色商人はギルドでの売り買いと町での売買申請《しんせい》資格、それに町に入る為の身分を得たことになるのです」

ふむふむ、つまりは無料会員みたいなものなのかな？

「そしてギルドに上納金を納め青色以上の商人となることでギルド特典の恩恵《おんけい》を受けることが出来るようになるのです」

成る程ＶＩＰ会員ってことだね。

「青色商人は毎回引き落としの際に手数料がかかりますが銀行の利用許可を、緑色商人は借金の借り入れが、赤色商人は高額商品の優先売買権が得られ、最上級の黄色商人はオークションへの参加権が得られます」

おおー、オークション！

あれでしょ、スーツ来たオジさん達が手をクイッと上げて「1億！」とか言いながら壺《つぼ》とか宝石を落札する、泥棒《どろぼう》が主役の番組でよく見るアレだ。

そうかー、この世界にはオークションがあるんだ。ちょっと憧《あこが》れるな。

「ところで高額商品の優先売買権ってなんですか？　お金さえあれば誰でも商売出来るんじゃないんですか？」

私はお姉さんの言葉で疑問に思った内容を質問する。

「よりランクの高い商人の方がお金も信用もありますから、売る側にとっても安全なんですよ」

確かに、金持ちに売る方が代金をきっちり支払ってくれそうだもんね。

「それにランクの低い商人がそういった高額な品を手に入れようと無理をした結果、手に入れた商品の売買に失敗して身を滅ぼすケースもあります。これはそうした商人達を保護する意味もあるんです」

あー、ブームに乗って借金してまで店を始めた結果、ブームがあっという間に過ぎて借金だけが残ったって話がネットニュースによく流れたもんねぇ。

ギルドとしても所属する商人が減ったら困るから、地道に稼げってことか。

「分かりました。それじゃあ上納金を支払って青色商人に登録してください。入会金の銀貨50枚と上納金金貨10枚を支払って、残ったお金から金貨1枚と銀貨50枚、銅貨50枚を手元に、余りは預金してください」

「畏まりました」

流石《さすが》に1枚15万円の金貨を沢山《たくさん》持つのは怖いからね。

当座の宿代と食事代、それに町で必要な物を買うお金があればいいか。

あとは必要になったら引き落とす感じで。

「お待たせしました。こちら金貨1枚、銀貨50枚、銅貨50枚、そして青色商人であることを証明するギルドカードです」

「おおー」

手渡《てわた》されたのは、お金の入った3個の布袋と、1枚の青い金属のカードだった。

「こちらのカードがマヤマカコ様の身分を証明してくれるものとなりますので決して無くさないでくださいね。無くした場合は紛失罰金《ふんしつばっきん》と再交付代金をとられますので」

「は、はい！」

盗まれないようにしっかりしまっておかないと！

私は服の内ポケットにカードをしまい、お金の入った袋は鞄《かばん》に仕舞《しま》う。

「うっ、結構重い……」

しまった、銀貨は10枚でもよかったかな。

まぁいいや、宿屋で多めに泊まることにしよう。

どのみちこの町で情報収集を色々することになるだろうから。

「終わったかニャ？」

受付を離《はな》れると、いつの間にか戻って来たニャットがそこには居た。

「うん、終わったよ。あっ、入町税返すね」

私はさっそくニャットから借りたお金を返す。

ふぅー、ちょっと鞄が軽くなったよ。

「ニャッ、しかと受け取ったニャ」

そう言ってニャットは自分の毛の中に銀貨を仕舞い込《こ》む……っていや待って、いま何をしたの？

「え？　お金どこに仕舞ったの？」

毛の中に袋でもあるのかと思ったけど、外からは袋の存在を確認することは出来ない。

かといってお金が地面に落ちる音もしない。

え？　え？　どういうトリック？

「ジロジロ見るもんじゃニャいニャ」

ニャットは私の追及《ついきゅう》をあっさり躱《かわ》すと、ついてこいと手招きする。

うーん、招き猫《ねこ》。

ギルドを出て暫くニャットについて行くと、魚をくわえた大きな猫の看板が見えてくる。

「ここがニャー達の泊まる宿、お魚咥《くわ》えたニャンコ亭《てい》だニャ」

……君、絶対看板で宿を選んだでしょ。

◆商人ギルド◆

「薬草は手に入ったのか？」

私が取引を終えてギルドの奥に戻ってくると、上司が難しい顔をして待ち構えていました。

いつも苦味走った顔をしている上司ですが、現在はいつも以上に機嫌《きげん》が悪いようです。

それも仕方のないことですが。

「ええ、全て買い取りさせて頂きました」

「そうか。そりゃあ良かった」

よほど安堵《あんど》したのでしょう。珍しく上司の口元にほんの僅《わず》かですが笑《え》みが浮《う》かぶのを見ました。

「時間がかからなかったところを見ると価格の吊《つ》り上げも求められなかったようだな」

「はい、それはもう拍子《ひょうし》抜《ぬ》けするほど簡単に受け入れてもらえました。ただ、その際に我が国の貨幣の価値と物価を確認されましたが」

「……そりゃまたキツい確認をされたもんだな」

すぐに上司の顔が苦々しくなったのも当然でしょう。

マヤマ＝カコさんが私にされた質問は、この町と他の町の物価の差はないだろうなという質問に他なりません。

彼女はこの町で取引される薬草の価格が、とりわけ高品質な薬草の価格が高騰《こうとう》していることに気付いていたのです。

「ええ、あの方は我々が急いで高品質な薬草を求めていることも察していて、あえて売ってくれたのでしょうね」

「つまり、想定以上にあいつの怪我《けが》のことが周辺の町々に広まっているってことだな」

現状、私達の町は見た目ほどに安全ではありません。

むしろ追い詰《つ》められていると言えるでしょう。

何しろ町の周辺の森に魔物が異常に増えたことで、近隣の治安がかってないほど悪化していたのですから。

おかげで騎士団も自警団も雇《やと》われの冒険者《ぼうけんしゃ》にも負傷者が続出。

治癒《ちゆ》魔法使いと錬金術師《れんきんじゅつし》と薬師《くすし》が総動員しても負傷者の治療《ちりょう》が追いつかない有様なのです。

そうした事情も周辺の領地への事情通達で知られているようです。

「まさかこの町で一番の腕利《うでき》き冒険者であるイザックさん達が負傷するとは思ってもいませんでしたからね」

そう、この町を拠点《きょてん》にしている一流冒険者パーティ『鋼の翼《はがねのつばさ》』のリーダーであるイザックさんが魔物との戦いで重傷を負ってしまったのです。

おかげで彼等《かれら》にしか倒《たお》せない高ランクの魔物に対処出来なくなり、魔物の討伐が困難になっていたのです。

「全くだ。よりにもよってアイツのパーティが高ランクの魔物に囲まれて壊滅《かいめつ》しかけるとはツイてないにもほどがある！」

鋼の翼の実力なら高ランクの魔物が相手でも見劣《みおと》りすることはありませんが、今回は運が悪すぎました。

高ランクの魔物はめったに群れることがありませんが、何と偶然《ぐうぜん》複数種類の高ランク魔物と鉢合《はちあ》わせてしまったのです。

いかに高ランクと渡《わた》り合えるとはいえ、それはあくまで少数を相手にした場合。

多勢に無勢ではどうにもなりません。

幸い魔物達もお互《たが》いを敵だと判断して乱戦となったことが功を奏し、イザックさん達は逃亡《とうぼう》に成功しました。

ただ死者こそ出なかったものの、全員が重傷を負い復帰にはかなりの時間がかかる状況《じょうきょう》となってしまったのです。

そして輪をかけて困ったのが、魔物が増えすぎたことで森が荒《あ》らされて薬草が手に入らなくなったことです。

おかげで現状の主な回復手段は、治癒魔法のみということです。

ですがこの町の治癒魔法の使い手は中級までしかいないため、重傷者の治療は困難な状況。

かろうじて旅の商人と錬金術師から薬草やポーションを買えていますが、そちらも焼け石に水。

しかも基本薬草は時間が経《た》つにつれ質が悪くなるもの。

旅の間に偶々《たまたま》見つけたような薬草ではどうしても質は悪くなり、高ランクの治療薬を作れず困っていたのです。

ですが、そこに救いの手が差し伸《の》べられました。

そう、マヤマ＝カコさんが持ち込んだ最高品質の薬草です！

「ともあれ、この薬草があればあいつを治すことが出来る。そうすりゃこの状況も立て直すことが出来るってもんだ！　すぐに薬草を運ばせろ！」

「はい‼」

上司の言う通り、イザックさん達が復活すれば、高ランクの魔物は彼等に任せることが出来、他の冒険者達も安心して魔物を討伐することが出来るようになるのですから。

「本当に、良いタイミングで来てくれたものです」

第5話　モフモフと猫《ねこ》吸いと自由市場

「んにゃ……くちゅん！」

朝目が覚めると、何故《なぜ》か私はベッドの隅《すみ》に追いやられていた。

寝《ね》ぼけた頭で周囲を見回せばその理由はすぐに分かった。

「スピー……」

どうやら私は寝ている間にニャットにベッドを占領《せんりょう》されてしまったらしい。

うん、宿の部屋を取った時にお互《たが》い種族が違《ちが》い過ぎるから一緒《いっしょ》の部屋でいいやってことになったんだよね。

寧《むし》ろ巨大《きょだい》猫と一緒に寝るとかご褒美《ほうび》でしょう！

だが私の目算は甘《あま》かった。

まさかこんな仕打ちを受けるなんてっ！

「という訳で報復攻撃《こうげき》‼」

私は掛《か》け布団《ぶとん》を直しながらニャットのお腹《なか》に顔をうずめる。

「おぅふ……これはなかなか……」

モフモフのフワフワが顔中を埋《う》め尽《つ》くす……いや逆か。私が埋まってるんだ。

「ふわぁぁぁ……」

フカフカの猫ボディはささくれ立った私の心をいともたやすく解《と》きほぐしてゆく。

「すー……はー……」

ああ、これが噂《うわさ》の猫吸いというものなのか……これは猫を飼っているクラスメイトの根岸《ねぎし》さんが猫吸いにハマるのも分かるというもの。何とも言えない中毒性を感じるわぁ……。

けれど、何処《どこ》からかフワリと良い匂《にお》いがしてくると、ニャットがピンと耳を立てて目を覚ます。

「……ニャフ？　メシの匂いだニャ」

そしてすぐさまベッドから飛び出してドアへと向かっていった。

「ああ、モフモフがぁ……」

地上の楽園は一瞬《いっしゅん》で消え去ったのだった……無念。

◆

仕方なくモフモフ天国を諦《あきら》めた私は、ニャットと共に宿の一階にある食堂にやって来た。

何でも宿屋の一階で食堂を兼業《けんぎょう》するお店は多いのだとか。ホテルのレストランみたいなものかな？

空いている席に着くとニャットがウェイトレスさんに声をかける。

「4号室の宿泊客《しゅくはくきゃく》だニャ。二人分頼《たの》むニャ」

「はいよ！」

ウェイトレスさんは元気な声で返事をするとすぐに厨房《ちゅうぼう》から料理を運んでくる。

どうやら宿屋の朝食はメニューが決まってるみたいだ。

まぁ朝から色んなメニューを作るのは大変だもんね。

テーブルに置かれた朝食のメニューは、黒いパンと野菜の入ったスープ。

一つ当たりの量はあるんだけど、種類というか具材が少ないなぁ。

インスタントスープに乾燥《かんそう》野菜の切れ端《はし》みたいなのが少し入ってるのと同じじゃん。

「肉が食いたいニャア」

やはりネコ科だけあってお肉が食べたいらしいニャット。

いやこっちを見られても困るって。さすがに宿屋で勝手に火を使う訳にもいかないし。

ともあれ初めての異世界料理。なのでちょっとドキドキしている。

昨夜は疲《つか》れもあってご飯を食べずに寝ちゃったし、野宿の時にニャットと食べたお肉は料理と言うにはあまりに雑だったからね。

これで意外と味は良いのかもしれない。

「いっただっきまーす！」

料理と一緒に渡《わた》された木製のスプーンを使ってスープを口に運ぶ。

「……」

そのお味は……。

「……ん、んん⁉」

なんというか、とても微妙《びみょう》だった。

不味《まず》い、と言うほどじゃないんだけど、あっ、いややっぱ不味いです。

うん、食べれない訳じゃないけど不味いが正直な感想だ。

次いで黒パンを千切っ……千切ってぇー‼

なにこれ硬《かた》い。

黒パンは非常に硬く千切るのも一苦労で、当然口に入れれば噛《か》み切るのも大変だった。

はい、味はお察しです。

「おニャーに料理を作ってくれと言った理由は分かったニャ？」

「……うん」

そんな感じで、私の異世界初の料理は大変残念な結果に終わったのだった。

◆

朝食を終えた私達《たち》は、今後の方針を相談することにした。

「さて、町まで来た訳ニャが、これからどうするニャ？　この町に定住するニャ？」

「そうだねぇ……」

定住と言われても私はこの町のことを何も知らない。

安全な町なのか、危険な町なのか、住みやすい町なのか、住みにくい町なのか。

「まずは町の様子を見てみたいかな」

「それがいいニャ。おニャーが長く旅を続けた方がニャーは美味《うま》い物が食べられるニャ」

あ、うん。ニャットにとってはそっちの方が大事だよね。

そんな訳で今日は異世界の町探検だよ！

◆

「ふぇー、改めて見ると沢山《たくさん》お店があるねぇ」

宿を出てニャットと一緒に町を散策していると、大勢の人達が商売をしている広場にやってきた。

「大半は露店《ろてん》だニャ。店を持ってるのは地元の人間ニャから、この辺りで採れる産物が大半だニャ。この自由市場は行商人がよその町から運んできた品物を売ってるニャ」

「自由市場？」

「ある程度大きな町には大抵《たいてい》ある行商人用の市場だニャ。道端《みちばた》で勝手に商売を始められたら困るからニャ」

「成る程《ほど》確かに」

ニャットの言う通り、ここで商売をしている人の大半は地面にゴザを敷《し》いてそこに商品を並べるフリーマーケット方式で物を売っている。

それ以外は食べ物を売る屋台が市場の周りをぐるりと囲んでいる。

「おニャーも商売をするつもりなら、物価のことは知っておいた方が良いニャ」

「うん、分かった」

ニャットに言われた通り、私は露店に並んでいる商品の値段をチェックしていく。

今後私が合成スキルで合成した商品を商人ギルド以外に売っていくなら、自分でも相場を知っておかないといけないからね。

「成る程、食材は平均して銅貨○枚くらいで、屋台の料理は○枚くらいと。日用品はこのくらいで……うわっ、服高っ⁉」

そんな風に商品を見ていたら、服の値段だけが突出《とっしゅつ》して高いことに驚《おどろ》いた。

見た感じは特別高級なブランド物って感じでもないのに、何で服だけこんなに高いんだろう。

「布は作るのが大変だから高くなるのは仕方ないニャ。人間はニャー達と違って毛皮が無いから大変ニャ」

「あー、うん。確かに毛皮みたいなものかな……」

けどそうか、この世界だと服ってこんなに高いんだね。

そういえば授業で産業革命が起きたおかげで服が安くなったって先生が言ってたような覚えがあるようなないような……。

「そうニャ。だから服は長く大事に着るそうだニャ」

確かに言われてみれば、服を繕《つくろ》っている人やパッチワークにしてる人が結構いるね。

繕うのはともかく、パッチワークはオシャレな人が多いのかなって思ってたよ……。

「それだけじゃないぜ嬢《じょう》ちゃん」

「え？」

突然の知らない人の声に驚きつつ、声のした方に視線を向けると、そこには露店を開いているおじさんの姿があった。

「貴重な食材や腐《くさ》りやすい食材は遠くの土地ほど高くなるし、不作の年は安い食材でも高くなる。だから俺《おれ》達は豊作で安く売ってる土地で長持ちする作物を買って、不作の土地に売りに行くのさ」

とおじさんが教えてくれる。

「へぇー、そうなんですね」

「お嬢ちゃんも商人なのか？」

「ええ、まだ商人ギルドに登録したばかりなんですけどね」

ううん、商人なんて言われるとちょっとムズムズしちゃうな。

「成る程駆《か》け出しか。なら商人になって一番ワクワクしてる時期だな‼」

「はい！」

「ならコイツも知っておいた方がいいぞ」

そう言って露店のおじさんは行商人としてやっていく為《ため》に必要な知識をいくつも私に教えてくれた。

「で、これはな……だから慌《あわ》てて買うと後で大変な目に遭《あ》う」

「そうなんですね！」

おおー、これは知らなかったら危《あや》うく騙《だま》されるところだったよ。

見た目が良くても気をつけないといけないんだね。

「……カコ」

と、その時だった。

今までずっと黙《だま》っていたニャットが会話に加わってきたんだ。

「ん、なぁにニャット？　あっ、もしかして長話しすぎた？」

「いや、ニャーはちょっと用事が出来たから、おニャーはここで待ってるニャ」

「分かった！　おじさんとお話ししてるね！」

「嬢ちゃんのことは任せておきな！」

去って行くニャットを見送ると、私はおじさんとの話を再開する。

「って訳だ。この辺りが駆け出しが気をつけないといけない商売のイロハだな」

「すっごい参考になりました！」

「さて、そこで問題だ。お嬢ちゃんが行商をする上で一番大事なものは何だと思う？」

「一番大事……ですか？」

行商をする上で一番大事なことか……。

私はこの世界に来てから今日までで一番気をつけないといけないと思ったことを思い出す。

「命？」

「っ……ははは！　確かにな！　命は大事だ！」

いやいや、笑いごとじゃないよ！　私は危うく死にかけたんだから！

私が怒《おこ》ったことに気付いたのか、おじさんはすまんすまんと頭を下げる。

「まぁある意味間違いじゃない。だが商人にとっての命、それは商品だ」

「商品」

まぁ確かに商売のタネは大事だよね。

「だがこの商品ってのが曲者《くせもの》だ。たくさん買えば荷物になるし、高価な品ばかり買えば盗賊《とうぞく》に狙《ねら》われやすいし売れなかった時の損害も大きい」

「ですねぇ」

「特に困るのが馬車を持っていないお嬢ちゃんみたいな歩きの行商人だ。体力があるならあまり値の変わらん塩なんかを背負って運ぶのもいいだろう。どこかの店に丁稚《でっち》として入り馬車の金が貯《た》まるまで勉強を兼《か》ねて働くのもいい。まぁそういうのはコネが無いと難しいがな」

「コネはどこでも大事ですねぇ」

異世界でもコネは大事かぁ。世知辛《せちがら》いなぁ。

「ああ、どこの馬の骨とも知れない奴《やつ》を雇《やと》って盗賊を招き入れられたら堪《たま》ったもんじゃないからな」

あー、昔祖父《じい》ちゃんが見てた時代劇にそんな展開あったわー。

『マサキチ！　儂《わし》はオメェを信じていたのに！』『へっ、アンタの信用を得る為に今日まで我慢《がまん》してきたのさ！』みたいなやつ。

アレを見て思ったのは、それだけ頑張《がんば》って番頭になったのなら、もうそのまま永久就職した方がいいんじゃない？　って感想だった。

過去のことを脅《おど》されるのが怖《こわ》いなら奉行所《ぶぎょうしょ》と旦那《だんな》に相談して賊を一網打尽《いちもうだじん》にしたりとかさ。

とと、話が逸《そ》れた。

「じゃあどうするの？」

今の私なら馬車を買うって手もある。何せ大金持ちになったからね！

「これさ」

そう言っておじさんが取り出したのは、ボロボロの袋《ふくろ》だった。

「何それ？」

「まぁ見てなって」

おじさんは近くに置いてあった杖《つえ》のように細長いゴボウっぽい食材を袋に入れる。

けどどう見ても袋の方が小さいから、食材がはみ出ちゃうか袋を突《つ》き破っちゃうよ。

と思ったその時だった。

「え？」

なんと食材は袋につっかえることなくどんどん中に入っていくのだ。

「え？　何で⁉　どうして⁉」

そしてあれ程長かった食材は遂《つい》に全《すべ》て袋の中に入ってしまった。

「魔法《まほう》の袋さ」

「魔法の袋⁉」

ほわぁぁぁ！　あれですか⁉　ゲームで言うアイテムボックスとかインベントリってヤツ⁉

「なんだ嬢ちゃん、魔法の袋を知らない訳じゃないだろ？」

「いえ！　初めて見ました！」

「初めて？　そりゃ珍《めずら》しいな。コイツは古代の魔法技術で作られたアイテムでな、今見た通り見た目以上に荷物を中に入れることが出来るんだ。そうだな、大体見た目の10倍は入るな」

「10倍⁉」

凄《すご》い凄い！　ファンタジーだ‼

「今じゃもう作れない貴重な品だからな、遺跡《いせき》なんかから発掘《はっくつ》するしかねぇ。ま、その所為《せい》で見た目はボロボロなんだがな」

「成る程」

確かに古代の遺跡から発掘されたのならボロボロになるのもしかたないかもだね。

「でもそれだといつ壊《こわ》れるか分からないんじゃないですか？」

「いや、保存魔法がかかっているから見た目よりもかなり頑丈《がんじよう》だ。まだまだ十分使える品って訳よ」

おおー、ただ沢山入るだけじゃなくて頑丈でもあるんだ。いいなぁ。欲《ほ》しいなぁ。

「売ってやろうか？」

「え⁉　良いんですか⁉」

私の心を読んだかのようなおじさんの提案に私はビックリする。

いいの⁉　貴重な品なんでしょ⁉

「ああ、俺は新しいのを買ったからな」

そう言っておじさんは少しだけ汚《よご》れた袋を取り出す。

「コイツはその袋よりも容量の多い魔法の袋でな、古いのはもう必要ないんだよ」

「つまりこっちは中古の払《はら》い下げってことですか」

「そうさ。行商人は新しい魔法の袋を手に入れたら古いヤツを後輩《こうはい》に売ってやるのさ。そうやって魔法の袋は何人もの商人の手を渡ってこんな風にボロボロになっていくんだ。いろんなところに行くからな、汚れや傷がつくのも当然ってもんだ」

「おおー、歴史を感じますね」

ゲームのチュートリアルで師匠《ししよう》から錬金《れんきん》アイテムを貰《もら》う主人公みたいだね。

「そんな訳でコイツは運よく魔法の袋を買い換《か》えたばかりの商人と出会わなくちゃ手に入らん代物《しろもの》なんだよ。嬢ちゃんは運がいいぜ」

「っ⁉」

運が良いと言われムズッとする。確かに私は運が良いのかもしれない。

死んだと思ったらその死因が神様のペットだったお陰《かげ》でこの世界に転生することが出来た。

それもレアなスキルを貰って。

そして魔物に襲《おそ》われた時もニャットに救われて強力な護衛を得ることが出来た。

はっきり言ってかなり運が良かったと自分でも思う。

そして今度は魔法の袋かぁ……。

正直言うとかなり欲しい！

今の鞄だとどうしても入る量が限られているし、詰《つ》め込《こ》める量は多いに越《こ》したことはない。

「でもお高いんでしょう？」

うーん、自分でも通販《つうはん》番組みたいなセリフを言っている。

「普通《ふつう》ならな。だがコイツは行商人が後輩に代々伝えてきた魔法の袋だ。金貨3枚ってところだ」

金貨3枚かぁ。

確か金貨1枚で15万円だから、金貨3枚で45万円‼　うひゃー‼　高い‼　どこのセレブ御用達《ごようたし》のブランドバッグですか⁉

でもただのブランドバッグと違うのは、これが見た目以上に物が入る魔法の袋ってことだ。

ただ……今の手持ちが……。

「ええと、今は手持ちが……」

うん、お金の大半はギルド銀行に預けてあるんだよね。

「嬢ちゃん今いくらあるんだい？」

えっと、宿屋の代金が銅貨10枚でそれを一週間分だったから70枚。あとニャットに返した入町税の銀貨6枚を使ったから……。

「金貨1枚と銀貨43枚、銅貨が80枚かな」

うーん半分以下しかないね。これを手付金としてお金を下ろしてくるのを待っててもらうのはありかな？

「ほう、金貨を持ってるのか。若いのに大したもんだ」

「え？　そうですか？」

金貨を持ってるのってそんなに珍しいのかな？　銀貨を１００枚も持つよりも断然楽だと思うけど。

「ふむ……金貨を持ってるのか、成る程」

と、おじさんは私が金貨を持っていると聞いて満足気な笑《え》みを浮《う》かべる。

「いいぜ、その金額で売ってやる」

「ええ!?　いいの!?　半額だよ!?」

「こういうのは出会いが大事なのさ。それに金貨を持ってるってのが大きいな」

「金貨を持ってることが？」

「ああ、商売ってのは小銭《こぜに》をジャラジャラ出したりする奴《やつ》は格下と見られて取引がやりにくくなるもんなんだ。だが金貨でポンと出す奴はそれだけ日常的に大きな金を扱《あつか》っていると判断される。つまり気持ちよくデカい金で払ってくる奴なら金になる取引先と判断するって訳さ」

成る程、ドラマとかでたまに見るアタッシェケースから札束を取り出して『これで売ってください』って言うシーンだね。

それにお店のレジで代金を支払《しはら》う時に1円玉を袋一杯《いっぱい》出されたりしたら店員さんも迷惑《めいわく》だもんね。

「どうする？」

うーん悩《なや》む。

金貨１枚で約15万円だから、大体22万円くらいになるんだよね。

詐欺《さぎ》だったらすんごいショックだけど、実際にあんな長い食べ物が入ったんだから本物なのは間違いない。

唯一《ゆいいつ》の問題はこの見た目の悪さだけど、おじさんみたいにお金を貯めてもっと良い魔法の袋を買うまでの繋《つな》ぎと考えれば我慢出来ないこともない。

ただ気になったのはこの魔法の袋の相場だよね。

実際の相場よりも高いぼったくり値段で売られたら堪ったもんじゃない。

「ねぇ、これって普通ならいくらくらいなんですか？」

「相場か？　そうだな、この容量の魔法の袋なら金貨20枚ってところか」

「金貨20枚⁉」

ってことは15万円×20で３００万円⁉

もう車のお値段だよ‼

うう、これは悩むぅー。でも便利だしなぁ。幸い財布《さいふ》に余裕《よゆう》はあるし、思い切って買っちゃおうか？

そう思った時だった。

「止《や》めておくニャ。そりゃ詐欺だニャ」

突然誰《だれ》かが私の肩《かた》をポンと叩《たた》いて止めたのだ。

「え？」

私を制止したのは見覚えのある大きな猫だった。

「ニャット⁉」

「そいつは古くなって壊れかけた魔法の袋を碌《ろく》に商売のイロハも知らない駆け出し行商人に売りつける悪質な詐欺だニャ」

「ええっ⁉　詐欺⁉」

「そうニャ。魔法の袋は失われた技術で作られた魔道具ニャから壊れても直らんのニャ」

慌てておじさんの方に振《ふ》り返れば、さっきまでの人のよさそうな顔はなく、迫力《はくりょく》すら感じる顔で私を、いやニャットを睨《にら》みつけていた。

「ちっ、商売の邪魔《じゃま》をされるのは困るぜネッコ族の旦那よぉ」

「ニャーの連れを騙されちゃかなわんからニャー」

「ちっ、アンタの知り合いかよ。ふん、運が良かったな嬢ちゃん」

おじさんは忌々《いまいま》しそうな顔で私達を睨むと、すぐに荷物を纏《まと》め始める。

詐欺がバレたから逃《に》げ出すつもりなんだ。

「……」

でもホントに詐欺だったんだ。危なかった……。

「こういうヤツは少なくないニャ。おニャーも商人としてやっていくなら騙されないように気を付けるニャ」

ニャットの言う通りだ。

危うく詐欺に騙されそうになった私のショックは大きかった。何せ22万円近い金額と言えば、日本人の一ヶ月分のお給料より多いんだもん。

確かテレビで残業ありの給料が平均20万前後って言ってた記憶《きおく》がある。

会社によってはもっと安いって。

ただそんなこととは関係なく、私はふとあることが気になった。

「……あの、それ、本当ならいくらなんですか？」

「「は？」」

私の言葉におじさんとニャットの声がハモる。

「壊れかけの魔法の袋の相場です。いくらなんですか？」

「んん？　そ、そうだなぁ。一応まだ数回は使えるだろうから使い捨てと思えば銀貨20枚ってところか。いつ壊れるか分からんから最悪あと1回で壊れる可能性もあるしな」

「壊れたらどうなるんですか？」

「中身が一気にあふれ出すから、使い捨てとしてもあんまり勧《すす》めねぇなぁ……ってまさかお嬢ちゃん、買う気か⁉」

「はぁ⁉　本気かニャ？　おニャーは騙されたんニャよ⁉」

「はい。ちょっと興味が湧《わ》いたので銀貨20枚で一つ下さい」

「「マジか……」」

ニャットとおじさんが信じられないって顔で私を見てくる。

「っ……まぁ壊れかけだから構わねぇが本当にいいのか？」

「ええ。あっ、でも私を騙そうとしたので、銀貨18枚にまけてくれますか？」

「……すぐに壊れても文句を言うなよ」

「分かってますって」

そう言って私は銀貨18枚を渡して代わりに魔法の袋を受け取る。

「はぁー、変な客に出会っちまったぜ」

そう言って今度こそ荷物を纏めたおじさんは市場を去って行った。

「おニャーほんとに何考えてるんニャ？　さっきも言ったニャが、魔法の袋は直せないんだニャ」

「言ったでしょ、試《ため》してみたいことがあるって」

よーし、それじゃあ実験の為に買い物を続けるぞー‼

◆

「という訳で実験の時間です！」

市場から帰ってきた私とニャットは、部屋のベッドに荷物を並べてゆく。

「一体何をする気ニャ？」

「こちらに取り出したのはお昼に買った魔法の袋です」

「さっきの詐欺のヤツだニャ。その金があればもっとマシな普通の鞄が買えたニャ。そんでおつりで美味い肉が食べれたニャ‼」

うん、ニャットにとって重要なのはお肉のほうでしょ。

「うん、だから試したいことがあって買ったの。ちゃんと本当の相場よりちょっと安くしてもらったから損はしてないよ」

「すぐ壊れるボロ袋を買った時点で損をしてるニャ」

「だからこれから実験するんだって」

何考えてるんだコイツって顔で見てくるニャットを尻目《しりめ》に、私は引き続き市場で買ってきた品を並べる。

「そしてこちらが市場で買った頑丈で質の良い布です」

広げた布はジーンズの生地《きじ》みたいに頑丈で、簡単には壊れそうもない。

そんな布が10枚ほど。代金はちょっぴりおまけしてもらってキリ良く金貨1枚だった。

布を買うのに金貨を使うんだから、やっぱりこの世界って布の価値が高いよね。

「それをどうするつもりだニャ？　言っておくが魔法の袋を繕っても直らないニャ。それは袋自体に魔法が込められているから、補強しても意味がないし、下手なことをしたら魔法が壊れるニャ」

同じように魔法の袋を直そうとして何人も失敗してたとニャットは言う。

「うん、それはさっきの話から予想してたよ。でもね、この魔法の袋に頑丈な質の良い布を……合成‼」

私は両手に持った魔法の袋と布を合成スキルを使って合成する。

「ニャッ⁉」

一瞬ピカッと光ると、そこには布の姿はなく、魔法の袋だけが残されていた。

「そして鑑定《かんてい》‼」

私はさっそく残った魔法の袋を鑑定する。

『状態の悪い魔法の袋：すぐに壊れはしないが早く修理した方が良い』

よし、ちゃんと魔法の袋のままだね。

「今のがおニャーのスキルかニャ⁉」

私のスキルを初めて見たニャットが目を丸くしている。

「そうだよ。更《さら》にこの魔法の袋をもう一枚の質の良い生地と合成&鑑定‼」

再び魔法の袋を丈夫《じょうぶ》な布と合成し、鑑定する。

『すこし状態の悪い魔法の袋：中古の魔法の袋。あまり乱暴に扱うと壊れる』

「よっし、成功‼」

予想通り！　スキルで良い布と合成すれば袋自体の強度も直るんだ‼

同じ素材同士を合成したら素材の質が良くなったから、布系の素材同士ならいけると思ったんだよね！

「成功って、まさかおニャーのスキルで魔法の袋を直したのニャ⁉」

私の様子から魔法の袋を直したんじゃないかと察したニャットが問いかけてくる。

「うん、私のスキルを使って魔法の袋と質の良い頑丈な生地を合成することで、袋の布地を強化したんだ」

「そんなことが出来るのニャ？」

信じられないとニャットが目を丸くする。

「へっへー、それを実験する為に買ったんだよ。あとは残った質の良い生地同士を合成！　合成！　合成！　そして鑑定‼」

実験が成功したことを確認《かくにん》した私は、残っていた質の良い布同士を合成していく。

『最上級の頑丈な生地：この糸で作れる中では最高品質の生地』

「よしよし、あとはこの最上級に合成した生地を魔法の袋に合成‼　そして鑑定‼」

『非常に状態の良い魔法の袋：新品同様の魔法の袋。非常に頑丈な生地を使っているので多少乱暴に扱っても壊れはしない』

私の狙い通り、魔法の袋は新品同然に修理が出来たのだった。

「やったー！　金貨１枚ちょっとで新品同様の魔法の袋をゲットォーッ‼」

「ニャンと……」

ニャットは目を丸くするのを通り越してポカーンとしている。

「へっへー、私のスキル凄いでしょ？」

私は新品同様になった袋をニャットに見せつける。

「これは……トンデモないスキルだニャア……」

けれどニャットは驚きよりも難しい顔になる。

「おニャー、絶対人前で、いや誰かに見られるかもしれない場所でその加護を使うニャよ？」

と私に強く警告してきた。

非常に状態の良い魔法の袋を手に入れた！

「分かってるって。バレないようにこっそり使うから」

前にニャットに注意されたから、ちゃんと分かってるよ。

けれどニャットはこちらの言葉を全く信用していないのか、眉《まゆ》をひそめてため息を吐《つ》いた。

「……ハァ、ニャーが守るしかないニャア」

いや何さその反応。ちょっと失礼過ぎない？

「でもこれで調味料を沢山入れられるから、旅の間も美味《おい》しいご飯が食べれるよ！」

「でかしたニャ‼　おニャーは只者《ただもの》じゃないとニャーは思ってたニャ‼」

「お、おう……」

ニャットの受け入れポイントはあくまでご飯のことだけなのね……。

さすが美味しいご飯と戦いの名誉《めいよ》しか興味のない種族だわ。

第6話　合成大会開始‼

翌日、私は再び商人ギルドにやってきていた。

目的は合成素材を買うお金を下ろす為《ため》だ。

手持ちは魔法《まほう》の袋《ふくろ》を手に入れるのに使っちゃったからね。

「おい、あの小さいの……」

「アイツがあの……」

んん？　何だろう？　急にギルドの中が騒《さわ》がしくなったんだけど。

何かあったのかなと思って周囲を見ると、皆《みな》が慌《あわ》てて私から視線を逸《そ》らす。

え？　私何かした？　っていうか、凄《すご》く視線を感じるんだけど……これってもしかして、私が注目を集めている？

私、何かしたっけ？　……いやしたわ。商人登録して即《そく》金貨１００枚以上手に入れたわ。

成る程《ほど》、それが話題になって私に注目が……って、ことはさっきの小さいのって私のことか‼

誰《だれ》だ私を小さいのって言ったの‼

犯人を捜《さが》すべく再び周囲を見回すも、既《すで》に犯人は野次馬《やじうま》の中に隠《かく》れて判別が出来なくなっていた。

おのれ、次に小さいって言ったらニャットをけしかけてやる！

そんなことを心に誓《ちか》いながらギルドの受付に行く。

並んだのはギルドに入会した時に受け付けてくれたお姉さんの居る窓口だ。

「次の方……ってマヤマカコさん⁉」

すると私に気付いたお姉さんは何故《なぜ》か驚《おどろ》いた顔でこちらを見た。

「あ、どうも」

「魔法の袋詐欺《さぎ》に遭《あ》ったというのは本当ですか⁉」

「へっ？」

「質《たち》の悪い商人に騙《だま》されて壊《こわ》れかけの魔法の袋を売りつけられたと聞きましたよ⁉」

「え？　あー……はい、大丈夫《だいじょうぶ》です」

成る程、さっきの視線はそれだったのかぁ。

「大丈夫って騙されたんですよね⁉」

「いえ、ちゃんと相場より安い銀貨18枚で買いましたよ」

「やっぱり買っちゃったんじゃないですか⁉」

お姉さんが全然大丈夫じゃないですよと慌てた顔になるのがちょっと面白《おもしろ》い。

「まぁまぁ、これを見てください」

と、私は自分が買った魔法の袋を見せる。

「これが昨日買った魔法の袋です」

「え？　これが？」

詐欺に遭ったというにはあまりにも綺麗《きれい》な魔法の袋を見せられて、お姉さんが困惑《こんわく》する。

「ええ、昨日買った時はボロボロの見た目だったんですけどね」

「は？」

お姉さんは訳が分からないと首を傾《かし》げる。

「実はこれ、ボロボロの魔法の袋の内側に入っていたんですよ」

「それは……どういう意味ですか……？」

「つまりですね、私が売りつけられた壊れかけの魔法の袋は、その実外側にボロボロの布を張りつけて壊れかけに見せかけた新品同様の品だったんです！」

「「「「え、ええーっ⁉」」」」

お姉さんだけでなく、周囲で盗《ぬす》み聞きしていた商人や職員達《たち》までもが驚きの声をあげる。

「そ、そんなことって……」

「私も最初は詐欺だと思ったんですけど、ボロボロの袋の隙間《すきま》から覗《のぞ》く妙《みょう》に綺麗な布地が気になったんですよ。それで捨て値で買い取ってみたらビックリ、外側の布はクリップみたいなので固定されたダミーだったんです！」

勿論《もちろん》これは全部嘘《うそ》っぱちだ。

昨夜魔法の袋を直した私は、ニャットから袋のことを誤魔化《ごまか》す作り話を考えた方が良いと注意を受けたんだよね。

「詐欺で騙されてボロボロの魔法の袋を買ったのに新品同様の品を持ち歩いていたら絶対不審《ふしん》に思われるニャ。おニャーのスキルを誤魔化す理由を作っておくのニャ」ってね。

それもその通りだと思った私は、買い取った魔法の袋は実は本物だったということにした訳だ。

「ほらほら、ちゃんと中身も沢山《たくさん》入りますよ」

そう言いながら私は魔法の袋から大きな荷物を取り出して本物だとアピールする。

「こんなこともあるんですね……」

お姉さんは信じられないと目をパチパチさせている。

「ってことはあの嬢《じょう》ちゃんを騙した詐欺師はまんまと本物を格安で買い叩《たた》かれたってことか。マヌケな話だな」

「使っている素材も悪くない。あの見た目なら金貨50枚は堅《かた》いだろうな」

「銀貨18枚で金貨49枚以上の利益とは運の良い嬢ちゃんだぜ」

「いや、仕入れた商品の価値を見抜《みぬ》けなかった詐欺師が間抜けだっただけだろう」

周囲からそんな声が聞こえてくる。

どうやら詐欺に騙された間抜けって評価を上手《うま》く切り抜けられたかな？

「それで今日はお金を下ろしに来たんですけど」

「え？　あ、はい！　おいくらの引き落としでしょうか？」

「金貨を10枚と銀貨を２００枚でお願いします」

「畏《かしこ》まりました」

お姉さんが持ってきたお金を私は魔法の袋に入れる。

袋に入れるまでは重かったけど、大量の貨幣《かへい》が入った魔法の袋は重くなる気配がない。

うーん、これはあのおじさんから買って大正解だったね！

「あの、マヤマカコさん」

お金も手に入ってさぁ買い出しに行くぞって思っていたところにお姉さんから声がかかった。

「はい？」

「あ、いえなんでもありません……」

「はぁ?」

よく分かんないけどまぁ何でもないならいいか。

何か用事があっても今は売れるものもないしね。

「さーて、それじゃあ改めて素材の買い出しに行きますか!」

◆

市場で色々な品を買ってきた私は、さっそく宿の部屋に戻《もど》り、ベッドに素材を並べていく。

「これまで合成したのは草と木の枝、それに布。そしてこれまでの傾向《けいこう》から分かったのは、同じものの同士を合成すると質が上がり、別の物同士を合成すると違《ちが》う素材になるってこと」

今回買ってきたのは市場で売っていた薬草や食材をそれぞれ二つずつ。

一つは合成素材として、もう一つは合成したあとに確認《かくにん》するための鑑定《かんてい》用に。

「という訳でまずはこのりんごっぽい果物とミカンっぽい果物を合成!」

ピカッと光った後に手の上に残ったのは、梨《なし》のような果物だった。

「えっと、鑑定」

『シナーの実。シャリっとした感触《かんしょく》が楽しいジューシーな果物』

説明だけだと分かりにくいから、実際に皮を剥《む》いて食べてみる。

「あっ、梨だこれ」

見た目だけではなくそのまんま梨だった。

「あとは合成に使った果物達を鑑定‼」

『プルアの実：シャクシャクした噛《か》み応《ごた》えのある甘《あま》い実。病人の体に優《やさ》しい。多くの土地に生えている』

『ジレオンの実：皮のなかに小さな実が集まった果物。甘酸《あまず》っぱく水分が多い。栄養が多く体に良い』

私は合成結果と鑑定内容をメモに取ると、その二つも食べてみる。

「うん、林檎《りんご》と蜜柑《みかん》だね」

そっかー、異世界だと林檎と蜜柑を合成すると梨になるんだね。

ホントどういう法則なんだろうなコレ。

「これでシナーの実がこの二つの実を足した値段より高く売れるなら合成を繰《く》り返して売るのもありかもね」

市場ではシナーの実は売ってなかったからなぁ。

次は露店《ろてん》で売ってた薬草の番だ。

購入《こうにゅう》したのは皮膚病《ひふびょう》に効くキスン草と火傷《やけど》に効くイフラ草に食あたり用の下痢止《げりど》めに使えるクシムシダ草の３本。

他に売っている薬草は森で採取したことがあるものばかりだったので、今回はパス。

随分《ずいぶん》種類が少ないけど、どうやら薬草の類は薬師《くすし》や錬金術師《れんきんじゅつし》の所に直接持ち込《こ》むからあんまり市場では出回らないみたい。

言われてみれば普通《ふつう》の人は薬を作ったり出来ないから薬草を買わないよね。

そんな理由がある品だから、私が買った薬草もあんまり質は良くないんだよね。

「でも今回の目的は合成の結果出来る新しい薬草と鑑定リストの充実《じゅうじつ》の為だしね！」

合成した結果が気になるのは分かるけど、既に名前と効能が分かっている薬草は買う必要ないんじゃないかと思った？

いやいや、鑑定リストを充実させるのは大事ですよ。

何せ人間の記憶《きおく》は劣化《れっか》するから、後で必要になった時にどんな形状だったっけ？　ってことになりかねない。

でも鑑定リストに登録しておけば私が忘れていてもどれがどの薬草かすぐに確認が出来る。

さらに言うと私が知らないよく似た毒草を回避《かいひ》出来るし、鑑定で薬草の質を確認することも出来るようになるから、市場で買う時に質の悪い品に騙されなくなるって寸法だ。

「なので鑑定リストの充実は急務なのですよ。という訳でまずはキスン草とイフラ草を合成‼」

ピカッと光った後に残ったのはいかにも毒々しい紫《むらさき》の草だった。

「うわぁ、明らかに毒草だぁ……一応鑑定っと」

どう見ても毒草にしか見えない草なんだけど、鑑定リストを充実させる為、鑑定してみる。

『質の悪いウドクモ草：食べると死ぬ。乾燥《かんそう》させて煎《せん》じた粉を食べ物に混ぜると毒薬が出来上がる。これを食べた人間は全身に寒気が走り、血反吐《ちへど》を吐《は》いて死ぬ。ドクゲ草を使った解毒剤《げどくざい》を早い段階で飲ませると解毒出来る』

「思った以上に危険だった⁉」

これはヤバい。下手に持っていたら疑われそうだ。

さっさと合成して他の草に変えないと。

「クシムシダ草とウドクモ草を合成‼」

再びピカッと光ると今度は青い色をした草が残った。

「今度は青かぁ。鑑定！」

『イスカ草：天にも上る心地《ここち》で死ぬことが出来る超猛毒《ちょうもうどく》の草。毒が回るまでの時間も短いので絶対食べてはいけない。治療《ちりょう》にはイハードクゲ草を使った解毒剤が必要……』

「もっとヤバくなった⁉」

不味《まず》い、これはどう合成してもヤバいものにしかならない気配が……。

この時点でかなりヤバいんだけど、説明にはまだ続きがあるし一応最後まで読んでおこう。

うっかり読み飛ばした所為《せい》で重要な攻略《こうりゃく》情報を見逃《みのが》していたなんてこと、ゲームでもあったからなぁ。

「えっと……ハイポーションと混ぜることでロストポーションを作ることが出来る。ただし現在は乱獲《らんかく》によって絶滅《ぜつめつ》している……って全滅《ぜんめつ》⁉」

え？　イスカ草って絶滅してるの⁉　なにこのスキル、絶滅した素材も作り出すことが出来るの⁉

「ってことは、この草を大量栽培《さいばい》すれば、他の商人が絶対仕入れることの出来ない超貴重商品を独《どく》占《せん》出来るってこと⁉　独占禁止法違反《いはん》だよ⁉」

ああいや、この世界に独占禁止法はないと思うけど。

でもトンデモない情報を手に入れてしまった。

これを使えば私は唯一無二《ゆいいつむに》の商品で一獲千金が可能になる。

ただし扱《あつか》う商品は猛毒の毒草だけど。

「これは使える、使えるけど危険だよね」

何しろ毒草だ。下手に扱ったらこれが原因で殺人事件が起きかねない。

となると売り物にするならハイポーションと混ぜてロストポーションっていうのを作って売った方が色んな意味で安全だよね。

「でもポーションかぁ」

ポーション、魔法に匹敵《ひってき》するファンタジーアイテムの代名詞だよね。

「ちょっと、調べてみようかな」

毒草を魔法の袋に仕舞《しま》いこんだ私は、ポーションを探しに宿を出るのだった。

◆

再び市場にやって来た私は、ニャットと共にポーションを探す為に市場を練り歩いていた……のだが。

「どこにも売ってない！」

「ないニャア」

そう、ポーションの姿は影《かげ》も形もなかったのだ。

一体どういうこと？　もしかしてこの世界でポーションって物凄く貴重な品とか？

だとするとこの町では手に入らないのかな？

「うーん……そうだ！　あそこで聞いてみよう！」

私が向かったのは商人ギルドだった。

ここならポーションの情報についても教えてもらえるだろう。

さっそくいつもの受付のお姉さんの窓口に向かう。

「あら？　マヤマカコさん？　今度はどのようなご用件で？」

ついさっきもお金を下ろしに来たのに一体何事だろうとお姉さんが首を傾げる。

「えっとですね、ポーションの売っているお店を知りたいんですけど」

「ポーションですか？　それなら手前の大通りを一つ右に入った通りにキーマ商店という冒険者向《ぼうけんしゃ》けのお店がありますから、そこで買うといいですよ」

「冒険者向けのお店ですか⁉」

「はい」

おおー、冒険者！　ゲームだと良く出てくるワードだよね！

やっぱり荒《あら》くれ者が多いのかな⁉

けど冒険者が買うような品なら、普通に買えるアイテムっぽいね。

「ありがとうございます！　でも何で市場の露店にはなかったんでしょうか？」

「市場に行ってきたんですか？　クスッ、それはそうですよ。町で長く商売をしている店ならともかく、露店のどこの誰が作ったのかもよく分からないポーションを飲みたがる人なんていませんよ。最悪適当な草を混ぜた野菜汁《じる》の可能性があるんですから」

「あっ、そっか」

言われてみればそうだよね。日本のフリーマーケットで格安の薬が売っていても怪《あや》しんで誰も買わないだろうし。

しかもこっちじゃ日本の薬や栄養剤《えいようざい》みたいに工場で密封《みっぷう》してあって未開封《かいふう》かどうかを確認出来る訳じゃないから猶更《なおさら》危険すぎるかぁ……って!?

「もしかしてニャット、知ってて黙《だま》ってたの!?」

「いやー、おニャーがいつ聞いてくるかと待ってたんニャが、ぜーんぜん聞いてこニャかったからニャア」

ウソだー！　コイツ絶対分かってて黙ってたな‼

その証拠《しょうこ》に鼻がプスプス鳴ってるもん！

「こ、こんにゃろう……」

「クスッ、まぁ腕利《うでき》きの錬金術師や鑑定スキル持ちなら、見ただけでポーションの質が分かるそうですけど、そもそも専門知識のある人間なら自分で作りますし、そうなるとますます買い手不足になるので売る方もポーションの露天販売《ろてんはんばい》などには手を出しませんね」

とお姉さんがニャットを庇《かば》うように補足説明を入れてくる。

あれ？　そうなるとポーションって商品としては向かない？

「じゃあポーションを売る旅の錬金術師とか居ないんですか？」

「いえ、居ますよ。そういう人達はポーションの鑑定が出来る人が居るお店に売るんです。先ほどお教えしたキーマ商店などがそうですね」

成る程、鑑定スキルの持ち主が居る店なら売る方にとっても安心して売れる訳か。

もしくは薬剤師《やくざいし》のいるドラッグストアみたいな感じなのかな？

「ただ……」

とお姉さんの表情が曇《くも》る。

うおお、美人は困った顔になっても美人だな。

ちょっとジェラシー。

「今はポーションの入荷が滞《とどこお》っているみたいで価格が上がっているようなのです」

なんと！　ポーション不足とな⁉

これは困った。しかも価格が上がってるのか。

となるとあんまり沢山《たくさん》は買えそうにないなぁ。

それに早くしないと売り切れちゃうかも。

「教えてくれてありがとうございます！　それじゃ行こニャット！」

「随分遠回りだったニャア」

こやつ、まだ反省しとらんな。ならば！

「ニャットの所為で足が疲《つか》れちゃったから乗せてね！」

言うや否《いな》や、私は有無《うむ》を言わさずニャットの背中に乗る。

「ニャッ⁉」

突然《とつぜん》背中に乗られてニャットが驚きの声を上げるが知ったことではないのだー！

「さーゆけニャット‼」

「ニャーの仕事は護衛であって馬じゃないニャ！」

文句を言いながら体を左右に振《ふ》るニャットだったけど、その動きは本気で私を振り落とそうとするような激しさは無かった。

「あっ、でも激し過ぎて気持ち悪くなって……」

「ギャー！　止《や》めるニャ！　ニャーの背中で吐くニャー‼」

◆

「おー、ここが冒険者のお店かー」

お店に入ってまず目に入ったのは武装した沢山の男の人達だった。

彼等《かれら》は革製《かわせい》の鎧《よろい》を身に着けていて、腰《こし》から剣《けん》が下げられている。

漫画《まんが》と違うのは槍《やり》や斧《おの》にはカバーが付けられていることかな。

確かによく考えたら剣は鞘《さや》に納めているのに他の刃物《はもの》は出しっぱなしというのは危険すぎるもんね。

っていうか魔物と命がけで戦ってる人達なだけあって迫力《はくりょく》あるわ。

ニャットが付いて来てくれてよかったかも。

「何だ？　子供？」

「間違えて入って来たのか？」

「小さい、可愛《かわい》い」

気を取り直して店内をキョロキョロと見回していたら、小声にならないような小声でそんな声が聞こえてきた。

って誰が子供やねん！　確かに日本人は子供っぽく見られるって言うけど、私はそこまで幼くないぞ！　成人はしてないけどそこの駆《か》け出しっぽい冒険者君と同い年くらいじゃぁーっ！

あと最後に呟《つぶや》いた奴《やつ》幼女趣味か⁉　幼女趣味なのか⁉

「えっと、お嬢ちゃん、ここは冒険者の店だよ？」

冒険者達と同じことを考えたのか、店員らしきお兄さんがどうしたもんかなって感じで私に話しかけてきた。

「お嬢ちゃんじゃありません。このお店に用があってきました」

ここはハッキリと違うと言っておかないとね！　お嬢ちゃんじゃないって！

「ウチに？　もしかして冒険者になるために来たのかい？　悪いことは言わないからやめておけって。冒険者は危険なんだ。お嬢ちゃんみたいな細っこい娘《むすめ》じゃあっという間に魔物に食われちまうって！」

どうも私は冒険者志願の若者と勘違《かんちが》いされたっぽい。

まぁ細っこいというのは否定しないけどさ。

「違います。私は商人です」

「商人⁉　お嬢ちゃんが⁉」

商人と言われて余程驚いたのか、お兄さんが目を丸くする。

「今日はポーションを買いに来たんです」

「ポーション……ああ成る程。お父さんのお使いか！」

すると何を勘違いしたのかお兄さんは納得《なっとく》したとポンと手を打つ。

「そういうことか。子連れの行商人の娘か」

「成る程、親に言われてポーションの補充《ほじゅう》に来た訳だな」

「だがさすがに一人で行かせるのが心配でネッコ族を同行させたのか」

「モフモフと少女の組み合わせ可愛い」

しかも周りの冒険者達も私がポーションを買いに来た理由を初めてのお使いみたいに解釈《かいしゃく》を始め、ガンバレと言いたげに凄く生温かい眼差《まなざ》しでこちらを見ていた。

そこまで子供ちゃうわーっ‼

「ブフニャッ‼」

「笑うなニャットーっ‼」

「えっと、それでお父さんからは幾《いく》つ買ってこいって言われたんだい？」

もう完全に初めてのお使いムードになっているお兄さんがポーションを幾つ要《い》るのかと聞いてくる。

ああもう説明するのも面倒《めんどう》だしそれでいいや。

「えっと、あとハイポーションってありますか？」

まずはロストポーションの材料になるハイポーションのことから聞いてみる。

「ハイポーションかい？　冒険者以外でそれを欲《ほ》しがるのは珍《めずら》しいね」

私の注文にお兄さんは意外そうな顔になる。

「珍しいんですか？」

「ああ、ハイポーションはポーションよりかなり深い傷が治るんだけど、街道《かいどう》で襲《おそ》ってくる魔物相手にはちょっと過剰《かじょう》かな。まぁどんな危険な魔物が襲ってくるか分からないから１本はあると安心出来るだろうけど、それでも値段は段違いだからね」

「ちなみに普通のポーションとどのぐらい値段が違うんですか？」

「そうだね、普通のポーションが銀貨10枚で、ハイポーションは金貨２枚だね」

「金貨２枚⁉」

えっと、銀貨１００枚で金貨１枚だから、ハイポーションはポーションの20倍のお値段⁉

「凄くお高いんですね……」

「ああ、ポーションで治らない深い傷が治るからね。だからアレを買うのはそれだけ危険な場所に行く冒険者くらいかな。勿論一流の冒険者になると収入も多くなるから安全な冒険でもハイポーションを常備するって話だけど」

そんなに貴重な品だったのかハイポーション。

ゲームじゃ雑に使いまくってすみません……。

「それとね、今はポーションが不足しているから値上がりしてるんだよ。本当ならこの半分の値段なんだ」

「値上がりですか……」

そういえばお姉さんもそんなこと言ってたな。

とはいえここまで来た以上買わない手はないし、それ以上の儲《もう》けを出せばいいだけのこと。

あとハイポーションがこれだけ高かったんだから、アレのお値段がいくらになるのか聞きたくなってきたよ。

「じゃあロストポーションとかはいくらくらいになるんですか？」

「ロストポーション？　そんなものよく知ってたね」

おっ、お兄さんの反応からもロストポーションはかなり珍しい品みたいだね。

「そもそもロストポーションはもう材料が無くて作れないって聞くし、もし手に入るとしたら金貨100枚、いや希少性を考えると金貨1000枚でも欲しがる人はいるだろうね」

「金貨1000枚⁉」

凄い！　たった1本で私が売った薬草全部より高いの⁉

「まぁ実在したらの話だけどね。噂《うわさ》じゃ王都の大きな錬金術師一門が別の素材を使ってロストポーションを再現しようとしているって話だけど、まぁ上手くいってはいないみたいだよ」

別の素材、つまりジェネリックポーションってとこかな？

でもそうか、プロの錬金術師でも研究は難航してるってことはやっぱりロストポーションの価値は高いんだね。

「で、本当にハイポーションを買うのかい？　今は金貨2枚だよ？」

と、お兄さんが話をハイポーションに戻す。

そうだなぁ。値段の高さには驚いたけど、元々それを買う為に来たんだしね。

「はい、ハイポーションを5本と普通のポーションを20本ください」

「ごっ⁉」

５本と言われてお兄さんがはぁっ⁉　って顔になる。

分かるよ。日本円で数百万円だもんね。

「マジかよ⁉　どこの金持ちの娘だ⁉」

「もしかして高ランク冒険者の関係者か？」

いかん、なんか聞き耳を立てていた冒険者達がまた変な勘違いを始めた。

「お金はありますので、商品をお願いします」

さっさと買って帰った方が良いと判断した私は、魔法の袋から金貨10枚と銀貨200枚の入った袋を取り出して店員さんの手に握《にぎ》らせる。

「ほ、本物の金貨……あ、いやその、今はポーションが不足してるのでさすがにその数は……」

と、お兄さんが申し訳なさそうに頭を下げてくる。

そっか、確かに命に関わる品だもんね。買い占《し》めたら冒険者さん達も困っちゃうか。

「じゃあ半分でハイポーション２本とポーション５本でお願いします」

「そ、それなら大丈夫です。少々お待ちください！」

お兄さんは急いで店の奥《おく》に行くと、すぐに小さな木箱を持って戻って来た。

「こちらがご注文のハイポーション２本とポーション５本となります。商品は宿までお届けしましょうか？」

先ほど見せた金貨10枚の効果は抜群《ばつぐん》だったみたいで、お兄さんは打って変わって丁寧《ていねい》な口調になっていた。

うーん、魔法の袋で私を騙そうとしてた詐欺師のおじさんの言ってたことはホントだったんだなあ。

「いえ、魔法の袋があるので大丈夫です」

私はお金を支払《しはら》うと、受け取ったポーションを箱ごと魔法の袋に収納する。

「「「「魔法の袋⁉」」」」

もう冒険者達も聞き耳を立てようともせず一緒《いっしょ》になってお兄さんと驚いてるな。

うーん、普通にポーションを買いに来ただけなのに目立ってしまった。

とはいえ、客が居ない時間帯とか分かんないし、人の少ないタイミングを見計らう為に何度も店に出入りしたらそれはそれで不審者だからねぇ。

「もしかして平民に扮《ふん》した貴族のご令嬢なのか？　護衛もいるし」

「だな、幼い割に言葉遣《ことばづか》いがしっかりしすぎている」

おぉう、遂《つい》に貴族令嬢にまで勘違いされちゃったよ。

しかし誰が幼いやねん！　私は立派なレディじゃい！

「プッ、ププニャ……」

そこのニャット笑うニャー！　あっ、いかん口癖《くちぐせ》がうつった。

けど、悔《くや》しいけれどニャットについて来てもらったのは本当に正解だった。

使った額が額だしね。でも今後も高価な品と知らずに買い物する機会はあるだろうし、なるべくニャットには買い物の際につき合ってもらおっと。

少なくとも私がこの世界のおおよその物価をしっかりと理解するまではね。

第7話　失われたポーションを合成しよう！

「ではポーションを合成します‼」

無事ポーションを購入《こうにゅう》して宿に戻《もど》って来た私は、さっそく合成実験を始めることにした。

「おー、だニャ」

ベッドでゴロゴロしていたニャットがマクラをバフバフ叩《たた》きながら合いの手を入れる。

在庫不足もあって買えたのはポーションが5本とハイポーションが2本。

これは無駄遣《むだづか》い出来ないね。

まずはポーション同士を合成して鑑定《かんてい》を出来るようにするよ！

「ポーションとポーションを合成！　そして鑑定‼」

『普通《ふつう》のポーション：傷口にかけると傷が治る。飲むと体内から満遍《まんべん》なく癒《いや》す』

「普通の品質のポーションってことは……これもしかして低品質のポーション⁉」

私はすぐに買ってきたポーションを鑑定してみる。すると予想通り……。

『低品質ポーション：薬液で薄《うす》めたポーション。効果は通常のポーションよりも劣《おと》る』

「くっ！　子供だと思って侮《あなど》られたか‼」

おのれあの店員め！

「そうとも限らないニャー」

けれどニャットがそうじゃないかもしれないと声を上げた。

「え？　そうなの？」

「店員も言っていたニャ。ポーションが足りニャいって。普通ならポーションの水増しは店の評判を下げるからやらニャいが、場合によってはやむを得ないと判断されることもあるニャ」

そんなのアリなんだ!?　日本なら薬の水増しで薬効が減ったと分かったら訴訟物《そしょうもの》だよ!?

「ポーションは冒険者《ぼうけんしゃ》にとって命綱《いのちづな》だからニャ。手に入らないくらいなら薄めて多少効果が減ったとしても欲《ほ》しいものだニャ。それに思い出すニャ、町に入る時に言われたことを」

町に入る時っていうとあの時の門番さんとのことだよね。

「確か……近くで魔物《まもの》が増えてるって」

だから入町税が高いんだって言ってたっけ。

「そうニャ。どうやらこの町は見た目ほど安全じゃないみたいだニャ。だからポーションの水増しをするくらい量が少ないのニャ」

「こんなに平和そうに見えるのに……」

ふと見えない所から何かが迫《せま》って来ている気がして背筋がゾワリとする。

「それを悟《さと》らせないようにするのが為政者《いせいしゃ》の手腕《しゅわん》というヤツだニャ。そんな為政者でも誤魔化《ごまか》せなくなったらもう町を捨てて逃《に》げるしかないニャ」

おお、シビアな世界だ……。

「おニャーも商人になるのニャら、商品の情報からこのくらいの裏を読み取れるようになるニャ」

と、これまでの不穏《ふおん》な空気を振《ふ》り払《はら》うようにニャットはひっくり返って私にもっと察しが良くなれと言う。

「分かりましたニャット先生‼」

ニャット凄《すご》いな！　私じゃそこまで考えつかなかったよ！

「さて、それじゃあニャーはちょっと出かけてくるニャ」

そう言うとニャットはヒョイと起き上がってベッドから降りる。

「え？　どこに行くの？」

「冒険者ギルドが魔物退治の依頼《いらい》を大々的に発表したニャ。ニャーも飯代を稼《かせ》ぐ為《ため》に働いてくるのニャ」

そっか、私の護衛はあくまでも同道している間だけだし、報酬《ほうしゅう》は料理だもんね。宿代や普段の食費は自分で稼がないといけないもんね。

それにこのタイミングでそんな依頼が出たのなら、今話していた魔物の話が無関係とは思えない。

「うん、私も今日は合成をするから護衛は必要ないよ」

「夕飯までには帰ってくるニャ」

「行ってらっしゃーい！」

ニャットを見送った私は不安な気持ちを振り払うべく合成を再開する。

残ったのはハイポーションが２本と普通品質のポーションが１本、そして低品質のポーションが３本だ。

「となると次に作るのはやっぱりアレだよね！」

私は魔法の袋《ふくろ》からイスカ草を取り出す。

そう、今回の本命であるロストポーションだ！

「と思ったけど、ポーションが低品質だったし、ハイポーションは鑑定を兼《か》ねて合成しておこうかな。ハイポーションを合成！　そして鑑定！」

『普通のハイポーション：ポーションより性能の良い回復薬。千切れた手足を繋《つな》げ神経も修復する』

「やっぱりかー」

念のため合成しておいてよかったよ。

けどハイポーションは千切れた体を繋げることが出来るんだ！　流石《さすが》『ハイ』ポーション！

「さて、それじゃあ今度こそ本番だよ！　ハイポーションとイスカ草を合成‼」

いつものようにピカッと光が迸《ほとばし》り、その光が止《や》むと私の手元には先ほどまでと違《ちが》うポーションが姿を現した。

「色が違うね」

ポーションが緑色でハイポーションが青色だったのに対し、このポーションは赤色と明らかに違うものだった。

「成功したのかな？　鑑定！」

私は出来上がった赤いポーションを鑑定してみる。

『ロストポーション：失った部位を再生させる効果がある回復薬。ただし傷の治療《ちりょう》効果は低い。また使用期限が普通のポーションより短いので注意』

「おー！　完成した！」

よかった！　これでイスカ草を有効利用出来るよ！

でもロストポーションは純粋《じゅんすい》なポーションとしての効果は低いんだね。

失った部位の再生に特化してるからなのかな？

「けど、これがあればいざという時に便利だね！　しかも金貨1000枚の価値があるから貯金ならぬ貯ポーショ……ってアレ？」

ふと私はロストポーションの説明に書かれていた文章に引っかかってもう一度文章を読み直す。

『ロストポーション：失った部位を再生させる効果がある回復薬。ただし傷の治療効果は低い。また使用期限が普通のポーションより短いので注意』

……使用期限が普通のポーションより短いので注意。

「しようきげんがふつうのぽーしょんよりみじかいのでちゅういっっっ!?」

えっ、何それ聞いてない！　ポーションって賞味期限、いや消費期限があるの!?　しかもロストポーションはそれよりも短いの!?

「うおお、マジかぁぁ……ってことはいざという時の為の薬箱として使うのは無理なんかぁ……」

折角売って良し残して良しの財産として使えると思ってたのに……。

いやよく考えたら薬草にも鮮度《せんど》があるんだし、ポーションにも消費期限があるのは当然といえば当然だよね。

現代日本の食べ物や薬の消費期限が長いのは清潔な環境《かんきょう》で密封《みっぷう》出来る技術が凄いからなんだし……確かそうだったよね？

「ってことはこのロストポーションもさっさと売らないと宝の持ち腐《ぐさ》れかぁ。でもなぁ……」

困ったのはロストポーションの取り扱《あつか》いだ。

何せ今じゃ材料が無くなって作れなくなった幻《まぼろし》のシロモノ。

下手に話題になってしまったらどうやって作ったのかと質問攻《ぜ》めにあうだろう。

最悪ニャットが言った通り、誘拐《ゆうかい》されて延々《えんえん》と合成をさせられる人生になりかねない。

「うーん……」

私はどうやってこのロストポーションを金に換《か》えるかと頭を悩《なや》ませる。

それに売るにしても消費期限が短いなら買い手も限られるってことだよね。

最悪買い手が見つからず、自分の身を危険にさらすだけで終わりかねない。

たまたまロストポーションを欲《ほっ》している人が……そんな都合よく居る訳ないかぁ。

「うーん………」

ぐうっ。

と頭を悩ませていたらお腹《なか》が鳴った。

「……よし、ご飯にしよう！」

うん、空腹じゃいい考えなんて出てこないしね！

栄養を摂取《せっしゅ》してから改めて考えよう！

そう決めた私は出来上がったロストポーションを魔法の袋に入れると、一階の食堂に向かった。

◆

「え？　厨房《ちゅうぼう》が使えないんですか⁉」

意気込《いきご》んで一階の食堂に降りて来た私だったけど、そこで待っていたのは厨房が壊《こわ》れて料理が出来ないという無慈悲《じひ》な宣告だった。

「ああ、ここのところ酷使《こくし》し過ぎちまってね。今職人に頼《たの》んで直してもらってるところなんだ」

女将《おかみ》さんが申し訳ないねぇと謝《あやま》ってくる。

「そんなぁ……」

うう、ガッツリご飯を食べようと思っていただけに肩透《かたす》かしで猶更《なおさら》お腹が空いてきたよ。

「夕飯までには直るみたいだから、昼は外で食べてきておくれ」

「分かりました」

外かぁ。ニャットには宿にずっと居るって言っちゃったけど……。

「まぁお昼だしそうトラブルには見舞《みま》われないでしょ。なるべく宿の近くにある屋台で買ってすぐに宿に戻って食べればいいいか」

そう決めた私は魔法の袋をかけ直して宿を出た……その瞬間《しゅんかん》。

「あっ⁉」

「え？」

ゴチ――――ンッ‼

突然《とつぜん》物凄く硬《かた》い物がぶつかってきた感覚を受け、意識を失ったのだった。

◆

「本当にすまなかった‼」

宿を出た直後に何かと勢いよくぶつかったことで意識を失った私だったけど、目が覚めたら知らない女の人に謝られた。

「はぁ……」

「私の不注意で本当に申し訳なかった」

私に頭を下げているのは金属の鎧《よろい》、いわゆるプレートメイル？　ってヤツを着た女の人だった。

といっても歴史の授業とかで見るような無骨な全身鎧ではなく、要所要所を金属部品で守るいかにもファンタジーな感じの金属鎧だね。

姫騎士《ひめきし》とかそんな感じのヤツ。

ただ、金属鎧の面積は結構あって、どうもあれが死角から勢い良くぶつかってきたみたいなんだよね。

……良く生きてたなぁ、私。

というか何故《なぜ》そんなことになったのかさっぱりなので、事情を説明してほしいところなんだけど……。

「本当にすまなかった。詫《わ》びと言ってはなんだがこれを使ってくれ」

「これって……」

そう言って女騎士さんが差し出してきたのは、ポーションだった。

でもあれ？　なんか私の知ってるポーションに比べて随分《ずいぶん》と色が綺麗《きれい》なような。

私はこっそり受け取ったポーションの鑑定をしてみる。すると……。

『高品質ポーション：通常のポーションよりも回復量が多い』

おお！　高品質ポーションだ！

成る程《ほど》、高品質なポーションは見た目が分かりやすく綺麗な色になるんだね！

それにしても確かポーションって1万5000円相当だった筈《はず》だから、高品質ということを考慮《こうりょ》すると2万円くらいするんじゃないかな？

そんな高価な品をポンとくれるなんて、この人本当に騎士だったりしない⁉

「あの、特に怪我《けが》もしていませんし、貴重なポーションを頂く訳にはいきません。これはお返しします」

怪我もしていないのに高い薬を貰《もら》うのも気が引けたので、私は女騎士さんにポーションを返そうとした。

けれど女騎士さんは私の固辞を頑《がん》として受け付けなかった。

「いや、気を失うほどの衝撃《しょうげき》を受けたのだから飲んでおいたほうが良い。後で具合を悪くしたらたいへんだ」

うっ、それを言われると反論し辛《づら》い。

日本に居た頃《ころ》も頭をぶつけた直後は何ともなかったけど、それが原因で後で大変なことになったり命を失ったりという話をテレビとかで見た覚えがある。

「それにこれは大した品ではない。こんな物で治るような怪我なら、すぐに飲んで治した方が良い」

そんなことを言いながら、女騎士さんの表情が陰《かげ》る。

うん？　今の反応ちょっと気になるな。

「お知り合いの方が大きな怪我でもしたんですか？」

「っ⁉　いや、何でもないんだ。気にしないでくれ」

いやいやいや、その反応は全然何でもないことないでしょ。

これは間違いなく何かあったわ。

「差し支《つか》えなければお話を聞かせていただけませんか？」

「いや、子供に聞かせるような話でもないさ」

……ほっほーう？　私が子供ですかぁー。

「あいたたた」

私はわざとらしく痛みを訴《うった》える。

「だ、大丈夫《だいじょうぶ》か⁉　やはり痛むのか？」

「うう、こんなに痛い思いをしたのに事情も聞かせてもらえないなんて……」

「うぐっ……」

くっくっくっ、私を子供扱いした以上、ただで帰れると思うなよ！

洗いざらい事情を話してもらおうじゃないの！

「……分かった」

罪悪感を刺激《しげき》された女騎士さんが遂《つい》に観念する。

「ただしポーションはちゃんと飲んでほしい。それが事情を話す条件だ」

「分かりました」

言質《げんち》を取った私は即座《そくざ》に手の中のポーションを飲み干……。

「うげっ⁉」

マッズ‼　ポーションン不味《まず》っ‼

うげげ、栄養ドリンクみたいなものだと思ってたら、何とも言えない青臭《あおくさ》い味が口中に広がってきた。

苦いというかくどいというか、飲み干したあとの喉《のど》にひっかかる感じがメチャクチャキツい‼

青い感じの汁《しる》を数十倍不味くしたらこんな感じになるのか⁉　いや飲んだことないけど。

「うぐぐ……の、飲みましたよ」

「ははは、ポーションを飲むのは初めてか？　これでも飲んで口の中をさっぱりさせろ」

空になったビンを返すと、彼女《かのじょ》は苦笑《くしょう》しつつも近くの屋台から飲み物を買ってきて差し出してくれた。

「んくっ……あっ、こっちはさっぱりして美味《おい》しい」

うん、オレンジジュースっぽい感じだ。

私が落ち着いたのを確認《かくにん》すると、女騎士さんは事情を話し始めた。

「私は鋼《はがね》の翼《つばさ》という冒険者パーティに所属しているのだが……」

「え⁉　冒険者だったんですか⁉　騎士さんじゃなかったんですね」

女騎士さんがまさかの冒険者だったことに私は驚《おどろ》いてしまった。

こんなに女騎士っぽいのに！

「いや、騎士団に所属していたのは事実だ」

おや、元女騎士さんだった。

「色々あって今の仲間に勧誘《かんゆう》されてな。私も外の世界を見てみたくなって冒険者になったんだ」

おお、お堅《かた》い女騎士が自由を求めて旅に出る冒険物語って感じのスタートだね。

「これでも私達《たち》は上位の冒険者なんだ。Ａランクの魔物とだって戦えるんだぞ」

「おおー」

Ａランクってのがどのくらい強いのか分からないけど、Ａっていうくらいだから多分強いんだろうね。

ところでファンタジー世界なのになんでアルファベット表記なんだろう？　女神《めがみ》様から貰った異世界語翻訳《ほんやく》能力のお陰かな？

「ただ、今回ばかりは相手が悪かった」

と、それまで自慢《じまん》げだった元女騎士さんの顔が曇《くも》る。

「運悪くＡランクの魔物の群れに囲まれてしまってな。いかに腕《うで》に自信のある我々でも、高ランクの魔物にあれだけ囲まれてはどうにもならん。あわや全滅《ぜんめつ》かという時に、仲間の一人が命を懸《か》けて魔物の注意をそらしてくれたお陰で私達は何とか生き延びることが出来たんだ」

「そ、それじゃあその仲間の人は……」

もしかして、死……。

「いや、運よく別種の高ランクの魔物の群れが現れたお陰で、魔物達が縄張《なわば》りをめぐって同士討《う》ちを始めたんだ。お陰で何とか命だけは助かった」

「良かった……」

ふいー、ビックリしたぁ！

ここで仲間の人が死んでたら凄く居たたまれない気持ちになるところだったよ！

「ただまぁ、冒険者としては死んだも同然だがな」

「え？　それってどういう意味ですか？」

「魔物に利《き》き腕を喰《く》われてな。もう戦えそうに……ないんだ」

そう言うと、元女騎士さんは口元を押《お》さえて肩《かた》を震《ふる》わせる。

「っ……！」

そういうことか。確かに冒険者なら、ううん、普通の職業の人でも片腕が無くなったら生活していくのは難しいだろう。

常に命の危険が付きまとう冒険者ならなおさらだ。

しかも魔物に腕を食べられてしまったのなら、ハイポーションでは治せない。

あれはちぎれた腕をくっつけることは出来ても、無くしたモノを生やす効果はないんだから。

「えっと、その、すみません……」

私は安易に人の事情を聞いてしまったことを謝る。

まさかここまで重い話だったとは……。

「い、いや、君が気にすることじゃない。元はと言えば私が我を忘れて飛び出したからいけなかったんだ。寧《むし》ろ君に怪我をさせたことでこちらが冷静になれた。礼を言う」

「え⁉　ええ⁉　ど、どういたしまし……て？」

いやいや、そんなことでお礼を言われてもこっちが困るって。

けどそうか。そんな事情があったら冷静にはなれないよね。

けど利き腕を失ったその人はこれから大変だろうなぁ。

片手じゃ冒険者を続けることは出来ないだろうし、再就職も大変そうだ。

かといって無くなった腕を取り戻そうとしたら、それこそ金貨１０００枚は必要なロストポーションが必要になる訳だし……。

「ん？」

ふと私は肩にかけた魔法の袋に視線を向ける。

ロストポーション、あるな。うん、ある、あったわ。

さて、これはどうしたものか。

ロストポーションを必要としている人が目の前に現れたんだよね。

ロストポーションは消費期限も短いし、売れるのなら売ってしまいたい。

問題は目の前のお客さん候補が代金を支払えるかってことだ。

何しろ金貨１０００枚だからね。

私は最高品質の薬草を沢山《たくさん》売って金貨１２０枚を手に入れたけど、冒険者の収入ってのがどのくらいか分からない。

支払い能力以外で心配なのがこの人がちゃんと代金を支払ってくれるかだ。

ただまぁ、それに関しては大丈夫だと思う。

この人は自分達のことを上位冒険者だと言った。

なら社会的信用を落とさない為に代金を踏《ふ》み倒《たお》す可能性も少ないだろう。

なにより、仲間が怪我をしたことをわがことのように悲しんで、怪我をさせた（と思っている）私にこれだけ丁寧《ていねい》に謝罪してきたんだから。

それに2万円はするだろうポーションをポーンと差し出してきたしね！

だから合成スキルのことさえ内緒《ないしょ》にすれば、多分大丈夫だろう。

「どうした？」

突然黙《だま》った私に、元女騎士さんが窺《うかが》うように声をかけてくる。

うん、まずは確認かな。

「あの、もしその人の傷を治す手段があったら欲しいですか？」

「っ！　……ははっ、そうだな。そんなモノがあったら是非《ぜひ》とも欲しいものだ」

元女騎士さんは笑ってそう答えた。ただし声に反してその顔は笑っていない。

そんな物ある訳がないと思っている感じだ。

「だが無理なんだ。アイツの腕を治す為に必要なポーションの材料が手に入らないんだ。なんでも随分昔に素材が取り尽《つ》くされて、二度と手に入らなくなったんだと。だから……あいつの腕は二度と元に戻らないんだ」

……イスカ草のことだね。

「だからあいつはもう二度と剣《けん》を握《にぎ》ることが出来ない。残念だが、私達の冒険はここで終わりなのさ」

あいつ、か。やっぱり仲間のことを大事に思う人なんだね。

っていうか、これは寧ろアレな感じの関係なのでは？　なら……。

「あの、私実は商人なんです」

私は自分が商人であることを明かす。

「ん？　そうなのか？」

「はい。それでついこの間偶然《ぐうぜん》もの凄く良く効く薬を仕入れたんです。ただこの薬、貴重過ぎて売る相手を選ぶものだったんですよ」

「売る相手を選ぶ？　貴重な薬なら誰《だれ》でも欲しがるだろう？　高価でも貴族や腕の立つ冒険者が買ってくれると思うぞ」

「いえ、この薬は使用期限が短いんです。作ったら早く飲まないと効果が無くなってしまうんですよ」

「そうなのか……？」

そこまで聞いて元女騎士さんが訝《いぶか》しげな眼差《まなざ》しになる。

詐欺《さぎ》を警戒《けいかい》してるんだね。分かるよ。でもその心配はご無用。

「そこでですね、どうでしょう。成功報酬で構わないので私の薬を買いませんか？」

「何？」

詐欺だと警戒したら成功報酬と言われて元女騎士さんがビックリする。

「とても高価な薬ですからね。詐欺を警戒されるのも分かります。ですから、成功報酬で買いませんか？」

「……いくらなのだ？」

怪《あや》しいけれど、まさかといった感じで元女騎士さんが値段を聞いてくる。

「金貨1000枚です」

「なっ⁉　1000枚⁉」

金貨1000枚という金額に女騎士さんが目を見開く。

さぁ畳《たた》み掛《か》けるよ！

「これはそのくらい貴重な薬なんです。それに、貴女《あなた》のお仲間の方を治す薬を手に入れようとしたら、そのくらいかかるとも言われたんじゃないですか？」

「……た、確かにあいつの治療をした医者からは同じようなことを言われた。もし薬が手に入るとしたらそのくらいはかかると」

おお、予想通りだね！

「……本当にアレを持っているのか？」

「アレ、とはロストポーションのことで合っていますか？」

「っ‼」

教えてもいないのに私がロストポーションの名前を出したことで、元女騎士さんの顔が再び驚きに包まれる。

「本当に……持っているんだな？」

「だからこそ後払いと言える自信があるんですよ。貴女はどうですか？　金貨1000枚を支払うことが出来ますか？」

さぁ、どうだ？

「……正直言って金貨1000枚は仲間達から金を借りても難しい」

あちゃー、ダメかぁー。

「だが金貨200、いや250枚なら明日にでも用意出来る。それと仲間にも多少だが金を出してもらえると思う。足りない分は……担保として価値のある物を出すので後払いに出来ないか？　あいつの怪我さえ完治すれば、すぐ……は無理だが一年以内には全額支払うと約束しよう！」

一年で金貨700枚以上稼ぐの⁉

やっぱ上位冒険者って凄い人達なんだね……。

「その条件で構いませんよ」

「感謝する。私の名はメイテナ。メイテナ＝クシャクだ」

「私は間山香呼《まやまかこ》です、香呼って読んでください」

「苗字《みようじ》を……いや、よろしく頼むカコ」

挨拶《あいさつ》を終えた私達はガッシリと握手《あくしゆ》をするのだった。

よっし、交渉《こうしよう》成立だぜー‼

◆

メイテナさんとの交渉に成功した私は、翌日ニャットと共に元女騎士ことメイテナさんが拠点《きよてん》としている宿屋へとやって来た。

なおニャットが付いてきた理由は……。

「金貨1000枚の大取引に護衛が付いていかニャくてどうするニャ‼　っていうか交渉の時点でニャーを連れて行くニャ‼」

と叱《しか》られてしまったからだ。

とはいえ、ニャットが付いて来てくれたのは正直心強い。

特に万が一失敗して居たたまれない空気になった時の為に！

「しっかし大きいなぁ」

受付でメイテナさんを呼んでもらっている間、私は宿の中を見回していた。

何というかこの宿屋、大変デカい！

内装も私達が泊《と》まっている宿よりも豪勢《ごうせい》!!

やはり上位冒険者はブルジョアなのか⁉　一年で金貨７００枚以上稼ぐし！

「良く来てくれたカコ」

そんな風に宿を観察していると、階段からメイテナさんが笑顔《えがお》で出迎《でむか》えてくれた。

「おはようございますメイテナさん。あっ、こっちは私の護衛のニャットです」

「よろしくだニャ」

「よろしくニャット殿《どの》。私はメイテナという」

ニャットとメイテナさんの挨拶が終わると、すぐに私達は彼女の仲間の部屋へと案内された。

「イザック、入るぞ」

そしてノックも無しに部屋へ入ると私達にも入るよう促《うなが》す。

中に入ると、そこに数人の姿があった。

「ようこそ、小さな商人殿」

そう言って最初に声をあげたのは長い金髪《きんぱつ》の男の人だった。

「おおぅ」

その人は何というか、色気が凄かった。

もうめっちゃ美形なのよ。

ただ立っているだけで絵になるというか存在自体が絵画みたいな人だった。

小さな、なんて言われたことが全く気にならないレベルの超《ちょう》美形だ。

「エルフのマーツだ。精霊《せいれい》魔法と弓でパーティの後衛を務めてくれている」

ほわぁ！　エルフ！　エルフ!?　ああっ、確かに耳が尖《とが》ってる‼　美形すぎて気づかなかったけど凄い！　エルフ耳だ！

「あらあら、話に聞いていたよりも随分と可愛《かわい》らしい子ね」

そう言って私の前に出てきたのはこれまたおっとりした綺麗なお姉さんだった。

なんというか包容力がありそうな人だ。いろんな意味で。

「司祭のパルフィだ。見た目の割に力が強いから油断しないようにな」

「ちょっとー、何ですかその紹介《しょうかい》の仕方はー！」

メイテナさんの紹介にパルフィさんがお怒《いか》りの声を上げる。

でも正直分かる。とある部位の攻撃力《こうげきりょく》が凄く高そうなのだ。

そしてこの人も美人なんだけど、正直美形具合に関してはマーツさんが価値観破壊《はかい》レベルの美形なので感覚が狂《くる》って困る。エルフって皆《みな》こうなのかな？

「おーい、俺《おれ》も紹介してくれよ」

すると二人の後ろから男の人の声が聞こえてきた。

その声にマーツさんが横にずれると、奥《おく》のベッドに座《すわ》っていた男の人の姿が見える。

その人はとても精悍《せいかん》な顔つきのお兄さんだった。

マーッさんのような超絶美形ではないけれど、鍛《きた》え上げた肉体とさっぱり短い髪形《かみがた》から健康的な印象を受けるイケメンだ。

そして服からはみ出た腕はまるで鍛え上げられたアスリートのようだ。

ただしそれは左腕のみ。彼《かれ》の右腕は二の腕の途中《とちゅう》から切れてなくなっていたのだ。

ああ、この人がメイテナさんの言っていた仲間なんだね。

「……」

これは、話では分かっていたつもりだけど、実際に見ると痛々しいね。

彼を見つめるメイテナさんも物悲しい眼差しになっている。

「初めまして、間山香呼です。こっちは私の護衛のニャットです」

「よろしくだニャ」

「よろしくマヤマカコさん。ニャットさん」

「よろしくねマヤマカコちゃん。ニャットちゃん」

「よろしくな嬢《じょう》ちゃん。ネッコ族の旦那《だんな》」

マーッさん達が挨拶を返してくれたんだけど、さすがにフルネームで返されると、妙《みょう》な気分になってしまう。

「えっと、カコでいいですよ。マヤマは苗字なので」

「おやそうだったのかい？　苗字が……」

「ああ、だから護衛が居るのね」

ん？　苗字と護衛は関係なくない？

「それではカコ、例の物を頼む」

挨拶が終わると、メイテナさんが急《せ》かすように私に声をかけてくる。

はいはい、慌《あわ》てなくても薬は逃げたりしませんよ。消費期限はあるけど。

私は落ち着いて魔法の袋からロストポーションを取り出す。

「これが件《くだん》のポーションか。見たことない色のポーションだな」

「イザック、これを飲んでくれ」

「これがロストポーション……」

ポーションを受け取ったイザックさん達は半信半疑……いや疑いの眼差し8割って感じかな。

「カコちゃん、本当にこれがロストポーションなの？」

パルフィさんが念を押すように私に尋《たず》ねてくる。

「はい、間違いなくロストポーションです」

「だとしたら何故これをもっと高く買ってくれる所に売りにいかないんだい？　貴族や大店《おおだな》なら相場よりも高く買ってくれると思うよ。特に今のこの町ならね」

マーツさんは何故もっと高く売れそうな所に持っていかないのかが気になったみたいだ。

「このポーションは作った後の使用期限が短いんです。だからいざという時の為に保管しておくことは出来ません。だからすぐに使いたい人が居ないといくら貴重でも取引にならないんですよ」

信用を得る為、私はあえて不都合な事実を告げる。

「それに、メイテナさんから聞いていると思いますが、代金は効果を確認してからで構いません。それが私の信用証明と思っていただけませんか？」

「それは……」

私の言葉に二人が黙る。

そう、成功報酬で良いと言ってしまえば、詐欺なんじゃないかという疑いは持ちようがないんだよね。

何せイザックさんの治療が成功すれば薬が効いたかどうか丸分かりだからだ。

「嬢ちゃんの言う通りだ。成功報酬の後払いなら成功に賭けて飲んだ方がいいだろ。ダメなら代金を支払わなきゃいいんだからよ」

「それは確かにそうなんだが……分かった」

イザックさんに止める気が無いと察したマーツさんは、諦《あきら》めたように肩を竦《すく》める。

「よし、それじゃあ飲むか！」

イザックさんは瓶《びん》の蓋《ふた》を親指一本で外すと、ロストポーションをぐいっとあおった。

「うぐっ！　ま、不味ぃなコレ。ハイポーションより不味いポーションがあるとは驚きだぜ」

ああ、やっぱ不味いんだね。しかもこの口ぶりだとこの世界のポーション全般《ぜんぱん》が不味いみたいだ。

なるべく怪我をしないようにしよっと。

「イザック。体の調子はどうだ？」

ロストポーションを飲み終えたイザックさんにメイテナさんが効果のほどを確認する。

だけどその見た目に変化は見られなかった。

あ、あれ？　失敗かな？

「ん？　いや特に変わった感じは……う、うぐぁぁぁぁっ⁉」

その時だった。突然イザックさんが苦しみの声を上げ始めたのだ。

「イザック⁉」

次の瞬間、ヒラヒラと揺《ゆ》れていたイザックさんの服の袖《そで》がまるで中に芯《しん》が入るように盛り上がり始める。

「「なっ⁉」」

更《さら》に袖の中から肉が湧《わ》きだし、その先端《せんたん》が細い五つの枝に変形すると手の形を形成してゆく。

次いで肘《ひじ》や手首の関節が膨《ふく》らみ、指の関節のしわが生まれ先端から爪《つめ》が生えてきたところでようやくイザックさんの体の変化が終わった。

それはあっという間の出来事だった。

「あ、ああ……」

イザックさんの身に起きた出来事を見たメイテナさんは信じられないと言わんばかりの様子で口元を押さえ、目を潤《うる》ませる。

「まさか、本当に……」

「奇跡《きせき》……です」

マーツさんとパルフィさんも目の前で起きた出来事に呆然《ぼうぜん》としている。

ふっふーん、本物だったでしょう？

「うう、無くした腕がやたらと痛んだと思ったら……うえぇぇぇ⁉」

薬の反応からようやく我に返ったイザックさんだったけど、再生した自分の腕を見て目を丸くする。

「お、俺の腕が本当に……⁉」

「イザック‼」

驚くイザックさんに、感極《かんきわ》まったメイテナさんがタックル気味に抱《だ》きついた。

「ぐぉっ‼」

うわっ、凄い勢い。これはポーションも用意しておいた方が良いのかな？

「お、おま……」

「よかった！　よかった‼」

文句を言おうとしたイザックさんだったけど、涙《なみだ》を流して喜ぶメイテナさんの様子を見て肩を竦《すく》める。

「悪い、心配かけたな」

喜び合う二人の姿を見て、私も安心する。

よかったー！　ちゃんと効果があったよ！　これで失敗してたら目も当てられなかったからね‼

ただ、そんな状況《じょうきょう》で唯一《ゆいいつ》残った問題は……。

「イザック！　イザック‼」

「分かってる、分かってるよ」

……私、いつまでこのカップル空間に居ればいいのかな？

◆

「す、すまなかった！」

まるでつい先日見たような光景を私は見ていた。

今度はメイテナさんだけじゃなくイザックさんもセットになって私に謝っている。

「いやー、恥《は》ずかしいところを見せちまったな」

本当だよ。

「すまない、驚きのあまり止めるのが遅《おそ》くなってしまった」

「お恥ずかしいところをお見せしました」

更にマーツさんとパルフィさんも一緒になって頭を下げてくる。

まさかあのままキスシーンに入って更にそのままお色気シーンに入ろうとするとは思わないじゃない。

慌ててマーツさんとパルフィさんが止めに入ったんだよね。

「本当に助かった。礼を言う」

一通り謝って落ち着いたのか、メイテナさんが改めてお礼の言葉を告げてきた。

「こちらこそ無事に治って何よりです」

「カコさん、疑って申し訳なかった」

「本当にすみませんでした」

同じくマーツさんとパルフィさんも疑っていたことを謝罪してくる。

まぁそれに関しては怒《おこ》ってないよ。私だって都合よく薬の持ち主が現れたら疑うだろうしね。

「いえいえ、気にしていませんから」

「それで報酬なのだが……」

お、お待ちかねの報酬タイムだね！

「まずはこれが私が用意した金貨２５０枚だ。それと……イザック、マーツ、パルフィ」

メイテナさんが振り返って声をかけると３人も頷《うなず》く。

「ああ、薬は本物だったからな。金はちゃんと払うぜ。ただ、手持ちが少なくてな。すぐに支払えるのは金貨１００枚なんだ」

手持ちが少なくても金貨１００枚は出せるんだ。やっぱ凄いな上位冒険者。

「それはお前が貰った先から派手に使ってしまうからだろうが。もっと酒やいかがわしい店に行くのを控《ひか》えろ！」

おっと、予想以上に散財家のようですよ。

でもそれだけ使っても金貨１００枚は残るんだからやっぱり上位冒険者は凄いなぁ。

「いやいや、ちゃんと装備にも使ってるって。それに最近はお前がいるからああいう店には行ってねぇよ！」

「そ、そうなのか……？」

はいはーい、そこで隙《すき》あらばイチャつかないでくださーい。

「僕《ぼく》もお金を出すよ。疑ってしまったお詫びに金貨２５０枚を出すよ」

「私からも金貨250枚を出しますね」

「悪いなお前達」

「気にする必要はないよ。あとで返してもらうからね」

「なにぃ!?」

「ははは、冗談《じょうだん》さ」

驚くイザックさんに冗談だと返してからかうマーツさん。

意外とお茶目だなこのエルフ。

「これで金貨850枚。足りない分の金貨150枚は約束通り後日支払う」

「なぁに、たった金貨150枚だ。すぐに用意出来るさ！」

おお、イザックさんの自信が凄い。

それにしても凄いなぁ。金貨数百枚がたった5人の間で動きまくってるよ。

金貨1枚で宿屋に1ヶ月泊まれるんだよ？　この世界が12ヶ月で1年かは分かんないけど、地球換算《かんさん》で仮定して1年で金貨12枚。

ここまでで用意出来た金貨850枚だと71年は宿屋で生活出来るよ‼

それはもう宿ではなくお手伝いさん付きの家と言っても良いのではないでしょうか？

改めて金額換算すると上位冒険者の収入凄いなぁ。

危険な仕事だから生涯《しょうがい》働き続けるのは無理としてもスポーツ選手みたいに若いうちに生涯年収稼いで残りの人生は悠々自適《ゆうゆうじてき》って感じなんだろうね。

「それとカコ、これを受け取ってくれ」

そう言ってメイテナさんは腰《こし》に付けていた短剣《たんけん》を鞘《さや》ごと私に差し出してきた。

「この短剣をですか？　うわっ、凄く軽い⁉」

受け取った短剣は見た目の割に驚くほど軽かった。

それこそ鍛えたことのない私でも簡単に振り回せそうなほどに。

「特別な能力は無いが、軽量化の魔法がかかっているから子供でも使うことが出来る」

「こどっ⁉」

またしても子供扱いかー！

「これを担保として受け取ってくれ。だが残りの代金を支払った後でも返す必要はない」

「えっ⁉　いいんですか？」

「ああ。好きに使ってくれ。それとこの短剣はただ武器として渡《わた》した訳ではない」

「それはどういう意味ですか？」

短剣なのに武器として渡しただけじゃない？　じゃあ何の為に？

「これは証《あかし》だ。困ったことがあったらこの短剣を見せると良い」

「これをですか？」

あれかな、この女騎士さんが所属していた騎士団とかに身分の保障してもらえるとかそんな感じかな？

確かに短剣の真ん中には何か紋章《もんしょう》みたいなものがついている。

これを見せればいいのかな？

「おい、いいのか？　そいつは……」

「構わん。最初からコレに頼《たよ》るつもりなどなかったからな。それより私達の恩人の役に立った方がいいだろう」

「……まぁお前がそう言うなら俺は止めねぇよ」

騎士団を辞《や》めた以上、自分は元の職場に頼るつもりはないって決意なのかな？

「本当に感謝する。君に困ったことがあったのなら必ず協力すると約束しよう。何かあったら冒険者ギルドで鋼の翼を呼んでくれ」

その後マーツさん達が冒険者ギルドに預けていたお金を下ろしてきたので、私はそれを受け取って宿を去った。

なお残りのお金はいつ受け取れるか分からないので、商人ギルドの私の口座に振り込んでもらう約束をしてある。

「いやー使いどころに困った品が役に立って良かったよ」

あの人達にはポーションの出所を内緒にするって約束してもらったし、十分な報酬が貰えたから良い取引だったよね。

「次からはもっと考えて行動するニャ」

「ゴメンゴメン。つい作っちゃったんだよね」

でもお陰で相当な大金が手に入った。

しかも魔法の短剣のおまけつきで。

軽量化の魔法がかかってるって言ってたし、多分買おうと思ってもなかなか売ってないシロモノなんじゃないかな？

そう考えるとかなりのお宝だよ。

「あっ、そうだ！　この剣を合成すれば凄い切れ味の剣が出来るかも！」

おおっ、それなら何でも斬《き》れる斬鉄《ざんてつ》な剣とか出来ちゃうんじゃない⁉

軽くて切れ味抜群《ばつぐん》の剣、これはかなり凄いのが出来ると思うよ！

「よーし、後で武器屋に行ってみよう！」

「だからもっと考えて行動しろって言ったばかりニャー‼」

第8話　装備を調《ととの》えよう‼

メイテナさんから魔法《まほう》の短剣《たんけん》を貰《もら》った私は、それを合成スキルで強化するためニャットに頼《たの》んで武器を売っている店に連れてきてもらった。

「って、あれ？　このお店この間来たお店だよね」

ニャットについてやって来たお店の名前はキーマ商店。

そう、私がハイポーションを買ったあのお店だ。

「ニャ。この間来た時に武具も売っているのを見たのニャ」

おお、流石《さすが》ニャット、そんなところも見ていたなんて！

「寧《むし》ろ商人であるおニャーが品揃《しなぞろ》えのチェックをするべきだったニャ」

はい、おっしゃる通りです。

「あれ？　この間のお嬢様《じようさま》じゃないですか」

「え？」

お店の中に入ると、突然《とつぜん》店員さんから声をかけられてビックリする。

「ほら、ハイポーションを販売《はんばい》した」

「ああ、あの時の店員さん！」

思い出した、この人ハイポーションを売ってくれた店員さんだ！

「今日は何をご所望《しよもう》ですか？」

「えっと、今日は武器を買いに来たんです！」

「武器ですか……？」

武器が欲《ほ》しいという私の言葉を受け、店員さんはニャットに視線を向ける。

「ニャーじゃニャいニャ。コイツの装備ニャ」

「ええ⁉　このお嬢さんに武器を⁉」

ニャットに否定された店員さんは、私の方を見て驚《おどろ》きの声を上げる。

つーか何で驚くわけ？

「気持ちは分かるけど旅をするなら装備を揃《そろ》える必要があるのニャ」

「はぁ……さようですか」

気持ちは分かるって何で分かるのさニャットさんや。

「けどまずは防具から買うニャ」

「え？　防具？」

「そうニャ。武器だけあっても防具が無かったら話にならないニャ」

うーん、それもまぁ分からないでもない。

あの森で魔物に襲《おそ》われた時、私は防具を持っていなかったもんね。

あの時生きていられたのは本当に運が良かったとしか言えない。

「分かりました。では防具の売り場にご案内しますね」

こちらの話がまとまったのを見て、店員さんが防具売り場に案内してくれる。

「こちらが武具の売り場となります。ただ、子供よ……小柄《こがら》な方用の装備はあまりありませんので」

今、子供用って言いそうになったな店員‼

「何で売ってないんですか？」

私はまたしても子供扱《あつか》いされた怒《いか》りを必死で抑《おさ》えつつ、何で在庫が無いのかと尋《たず》ねる。

「ええとですね。大抵《たいてい》こ……こー……子供用の武具は工房《こうぼう》でオーダーメイドとなりますので、しっかりした装備を買いに来る方がいないのですよ」

こ、この店員、他の言い方を考えるのが面倒《めんどう》になって誤魔化《ごまか》すことを止《や》めやがったな！

「でも子……若い冒険者《ぼうけんしゃ》も居るんじゃないんですか？」

あっぶなー、自分で小さい子って言いそうになっちゃったよ！　違《ちが》うよ！　若いんだよ！

「幼い冒険者は親が貴族か金持ちでもない限り十分な装備を揃えるだけの金を用意出来ないんですよ。それに冒険者になりたての子供じゃ魔物と戦うのは難しいですから、まずは魔物に見つからないように隠《かく》れつつ安い薬草取りをするくらいしか収入の手段が無いんです。それだと生活費で精一《せいいっ》杯《ぱい》で装備に金を回せないんですよ」

なんと、純粋《じゅんすい》にお金が無いから装備を調えることが出来ないのかぁ。

「で、少しずつお金を貯《た》めてようやく子供でも持てるナイフや短剣を買うことで採取の幅《はば》が広がりますね。まぁそれでも武器だけじゃ魔物との戦いはキツいんで、パーティの中で体格の良い子供が盾《たて》役として小型の盾を買って凌《しの》ぐ感じですね。ついでに木の板を紐《ひも》で結んで鎧《よろい》もどきを自作してれば上出来な方でしょう。ちゃんとした鎧は高いですから」

うおお、子供の冒険者ってシビアな生き方してるんだな。

寧ろ子供の方が命を守る為《ため》に重装甲《そうこう》にするべきだろうに。

「それに、経験を積んで安定して稼《かせ》げるようになった頃《ころ》にはもう体が成長しているので、子供用の鎧は不要になるって訳です」

「そう……なんですね」

思いもよらないところでこの世界のシビアな現実を聞いてしまった。

そうか、鎧は高いんだね。

「とりあえず今ある物を見せてほしいニャ」

「畏《かしこ》まりました。うちで扱っているのは小人族用の装備ですね。こちらなら子供でも装備出来ます。ただ小人族は人間の子供と違って大人の体なので、筋肉のない子供にはちょっと重いですね」

くっ、子供用の次は小人族用かい！　どこまでも人をミニマム扱いしおってー！

「なるべく軽いのを用意して見繕《みつくろ》ってほしいニャ」

「畏まりました。でしたらこちらになります」

ニャットのリクエストを受けた店員さんは、すぐ傍《そば》にある鎧を持ってくる。

「素材は川大トカゲの皮をなめした物を使っており、軽くて硬《かた》いのが特徴《とくちょう》です。ただ全身を覆《おお》うと硬い分動きにくくなるので、要所を川大トカゲの革《かわ》で守り、それ以外の部分は柔《やわ》らかい革素材で出来ています。前線で戦うよりも動きやすさを優先して最低限命を守る装備ですね」

店員さんの言う通り、胸や腕《うで》、それに脛《すね》のあたりはワニ革のバッグみたいな硬そうな素材で覆われているけど、それ以外の場所は普通《ふつう》の革を使っていた。

そして何より特徴的だったのは、ワニ革の部分が真っ白だったことだ。

「これ、白いんですね」

「ええ、川大トカゲは白い体をしているのが特徴で、そこから獲《と》れる革は貴族や女性の冒険者に人気なんですよ。染料で染めている訳ではないので匂《にお》いに敏感《びんかん》な魔物に気付かれにくいのも特徴です」

なるほど、お洒落《しゃれ》と実用を兼《か》ねているから価値があるのかな？

「普通サイズの鎧でこれだけの箇所《かしょ》に川大トカゲの革を使うと金貨5枚はするんですが、小人族サイズだとそこまで大きいサイズの革を用意しなくて良いので金貨3枚まで安く出来るんです」

くっ、メリットまで子ど、小柄なことをアピールするんかい！

「成る程《ほど》、小柄故《ゆえ》の利点だニャ。カコ、これがいいんじゃないかニャ？」

「……ニャット先生がそう言うならいいんじゃないですかー」

「何を膨《ふく》れてるニャ？」

ふーんだ、いいもんねー。ならこれを買ってやるもんねー！

「じゃあこの鎧を5個下さい」

「え？　5個!?」

5個と言われた店員さんがマジッ!?　と目を丸くする。

「はい、5個下さい」

くくくっ、驚いたか！　私はこの鎧を合成スキルでスーパー川大トカゲの鎧として強化してやるのだ！　うん、ちょっと語呂《ごろ》が悪い。

「か、畏まりました」

「あと軽くて硬い盾はありますか？」

ついでに盾も注文する。

魔物に襲われた時生き延びることが出来たのは、最高品質の木の槍が盾になってくれたからだもんね。

鎧も大事だけど盾も欲しいよ。

「腕に付けるタイプのバックラーでよろしいですか？　こちらは走り大亀《おおがめ》の甲羅《こうら》を削《けず》りだしたもので、軽くて硬いですよ。ただ走り大亀の甲羅は加工が大変なんで、銀貨50枚になってしまうんですが……」

「じゃあそれも5個下さい」

「は、はい。畏まりました。……やっぱり貴族のお嬢様は買い物の仕方が凄《すご》いなぁ」

よっし、これで防具は揃った！　あとは……。

「あと武器も欲しいんですけど」

そう、お待ちかねの武器です！

「武器ですか、やはり軽い方が良いですか？」

「はい。軽くて性能の良い短剣をお願いします！」

「短剣ですか、お貴族様が欲しがる短剣というと……ああ、あれがあった！　ちょっと待っててください！」

良い商品のあてがあったのか、店員さんは店の奥《おく》へと入って行った。

そしてしばらくすると木箱を抱《かか》えた店員さんが戻《もど》ってきた。

店員さんが箱を開けると、中には綺麗《きれい》な鞘《さや》に包まれた短剣が入っていた。

そして鞘から短剣を抜《ぬ》くと、薄紫《うすむらさき》の刀身が姿を現す。

「こちら、ミスリルの短剣でございます」

「ミスリル⁉」

うぉぉ――――っ‼　ミスリル来たよーっ‼

ファンタジー金属のお約束、ミスリルですよ！

メイテナさんから貰った短剣に合成すれば、軽量化の魔法がかかったミスリルの短剣になるのでは⁉

「こちらは普通の鉄の剣より軽くて切れ味も良いです。またミスリルなので魔法を封《ふう》じて魔剣にすることも出来ます」

「え？　魔剣⁉」

それってメイテナさんから貰った短剣みたいな⁉

でもミスリルだから魔剣に出来るってどういう意味だろう？

「えっと、ミスリルだとって、ミスリル以外では魔剣に出来ないんですか？」

「はい。普通の鉄では魔法を封じることは出来ないんです。ミスリルのような魔法と親和性の高い金属だけが魔法を封じて魔剣に出来るんです」

「ってことは、これもミスリルなんですか？」

私はメイテナさんから貰った短剣を店員さんに見せる。

「鞘から抜かせてもらってもよろしいですか？」

「どうぞ」

店員さんは短剣を受け取ると鞘から抜いて刀身を確認《かくにん》する。

「確かに、この短剣にはミスリルが使われていますね。ただミスリルの含有量《がんゆうりょう》はそこまでもないみたいなので、あまり強力な魔法は封じることが出来なそうです」

「ミスリルの含有量？」

「ええ、ミスリルは貴重なので、大抵は他の金属を混ぜて使うんです。その際ミスリルの比率が高いほど、強い魔法を封じることが出来るんです」

成る程、ミスリルの割合が多い程いいんだ。

ってことはこの短剣にミスリルの短剣を合成すれば確実に品質が上がるね！

「じゃあそれ買います！」

「ではこちら金貨10枚となります」

「金貨10枚⁉　かなり高いですね⁉」

予想外の値段に驚いてしまった。

鎧よりも高いんだ⁉

「ミスリルの含有量が多いので、どうしても高くなってしまうんです。ただ魔法が封じられていないので魔剣よりは安いですよ」

まじかー。魔剣になるとどれだけ高くなるんだろう。

「ところで魔剣にするにはどうすればいいんですか？」

今後ミスリルのアイテムを手に入れた時の為に、魔剣にする方法は知っておきたいんだよね。

「魔剣は付与《ふよ》魔法の使える錬金術師《れんきんじゅつし》に頼めばやってもらえますよ。ただ結構なお金がかかりますし、悪い錬金術師に引っかかったらせっかくの魔剣が無駄《むだ》になってしまうのでお気を付けください」

成る程、錬金術師の腕前《うでまえ》も重要なんだね。

……これ、私の合成スキルでなんとか出来ないかな。

薬草の品質を向上出来たことを考えると、低品質の魔剣同士を合成して品質を上げることとか出来そうだよね。

この町に錬金術師が居るのなら試《ため》してみたいな。

その為にもミスリルの在庫は確保しておきたいね。

「ところでミスリルの短剣ってほかに在庫有りますか？」

「ええっ⁉　それも沢山《たくさん》買われるんですか⁉」

「なんならミスリルそのものでもいいんですけど」

「ええと……ざ、在庫を確認してきますので少々お待ちください！」

その後、もう1本だけミスリルの短剣があったので、そちらも買うことにした。

残念ながらミスリルは貴重なのであまり数は揃えられないみたいだったんだよね。

という訳で鎧を5個と盾を5個、それにミスリルの短剣を2本で金貨37枚と銀貨50枚を支払《しはら》って私達はお店を後にしたのだった。

◆

という訳で装備品の合成をはっじめっるよー。

「ニャニャー」

ニャットのやる気のなさそうな拍手《はくしゅ》を受けながら、まずは鎧の合成を行う。

「川大トカゲの鎧を合成！　そして鑑定《かんてい》‼」

『質の良い川大トカゲの鎧：見た目の割に軽いが小人族用の硬い鎧。子供にも装備出来る』

子供は余計じゃぁー！

ええい、合成を続けるぞー！

私は残った鎧を合成してゆく。そして……。

『最高品質の川大トカゲの鎧：最高級の川大トカゲの革がふんだんに使われた鎧。軽く硬く動きやすい。中級の魔物が相手なら相当な防御力《ぼうぎょりょく》を発揮する。炎《ほのお》系の魔法の威力《いりょく》を弱める効果がある』

「よっし！　最高品質になったよ！　それに炎系の魔法の威力を弱めてくれるんだって！」

これで魔物に襲われても安心だよ！

でも最高品質になったら新しい効果が付いたね。これも合成スキルの力なのかな？

ちょっとこれも検証してみた方がいいかな。

「相変わらずデタラメな加護だニャア」

ニャットの呆《あき》れた声を背に私は更《さら》なる合成を続ける。

「走り大亀の盾を合成！　そして鑑定‼」

『品質の良い走り大亀の盾：軽くて硬い亀の甲羅の一部を使った盾』

この時点では特別な効果は無いね。

「残りを合成また合成‼　そして鑑定‼」

『最高品質の走り大亀の盾：軽くて硬い亀の甲羅の一部を使った盾。走る速度をわずかに上げてくれる』

おっ！　やっぱりだ！　最高品質にすると装備に特殊《とくしゅ》な能力が付加されるみたい！
でも薬草や香草《こうそう》じゃ最高品質にしても何も起きなかったんだよね。
何が違うんだろう？

「ねぇニャット、防具を最高品質にしたら、元の装備にはなかった能力が追加されたんだけど何か知ってる？」

「ニャ⁉　新しい能力⁉」

「うん。鎧には炎の魔法の威力を弱める力が追加されて、盾は走る速さを少し上げてくれるんだって」

「ニャンだそりゃ。聞いたこともニャ……いや待つニャ。もしかして……」

「何か思い当たる節があるの？」

私はニャットに早く教えてくれと急《せ》かす。

「おそらくニャが、それは変異種の素材かもしれないニャ」

「変異種？」

「ニャ。魔物には時折特別な力を持った特異な個体が生まれるニャ。それを変異種と言って、変異種から獲れた素材は他の同種の魔物の素材よりも質が良く、稀《まれ》に魔剣のように特殊な効果を発揮する装備になるらしいニャ」

成る程、レア個体がドロップするレア素材って訳か。

「あっ、もしかしてこれが魔物の素材を使って作ってある防具だから合成で質を上げることで変異種の素材と同じ扱いになったんだ！」

「多分ニャ」

成る程、ただの装備だったら普通に最高品質になるだけだけど、魔物素材だから特別な効果が付いたのか。

うーん、これは私の合成スキルに新しい可能性が見つかったね！

例えばミスリルの魔剣に最高品質の魔物素材の剣を合成すれば、二つの特殊能力を持った超《ちょう》魔剣が生まれるかもしれない！

「うおお、これは燃えてきたよぉ！」

スキルの検証が捗《はかど》るぅぅぅぅぅ‼

「よーし、こんどはメイテナさんの短剣にミスリルの短剣を合成するよ‼　合成！　そして鑑定‼」

『品質の良いミスリルの短剣：軽量化の魔法がかけられたミスリルの短剣。軽く鋭《するど》い切れ味の短剣』

「よし！　質が良くなったよ！　もう１本も合成して更に質を……あっ、いや、でももう１本は残しておいて、錬金術師に頼んで魔法を封じてもらった方が良いかも」

このままもう１本も合成しようかと思った私だったけど、ここは魔法を封じて魔剣にしてから合成した方が良いかもと思いなおす。

「となると次は魔法を封じてくれる錬金術師探すべきかな」

うまくすれば軽量化の魔法以外も封じた凄い魔剣が出来るかも！　ああそれに魔物素材の武器も合成したいね！

うんうん、ワクワクしてきたよ！

「その前にやるべきことがあると思うニャ」

と、興奮している私に対しニャットが忘れていることがあると告げた。

「え？　何を？」

「武器を強くするのもいいがニャ、肝心《かんじん》の使い方を知ってるのかニャ？」

「え？　使い方？」

とおっしゃると……。

「おニャー短剣の使い方知ってるのニャ？」

「……知らニャイ」

「ニャイのアクセントが甘《あま》いニャ。全くそんなことだと思ったニャ。このままだとおニャー、自分の武器で大怪我《けが》をすることになるニャ。ちゃんと使い方を覚えるニャ！」

うぐぐ、全く以《もっ》て反論出来ない。

確かに言われてみれば私は武器の扱い方なんて全く分からない。

そんな状況《じょうきょう》で武器を振《ふ》り回しても戦いに勝てるとは思えない。

うーん、これはニャットの言う通り、早急に訓練するべきかも。

「じゃあニャット、短剣の使い方を教えて！」

「断るニャ」

「えー何で？　ニャットは冒険者なんでしょ？　だったら短剣の使い方くらい知ってるんじゃないの？」

自分で使い方を覚えろって言ったんじゃーん！

「んニャ」

ニャットは返事の代わりに自分の前脚を見せて、ニョキッと鋭い爪《つめ》を覗《のぞ》かせる。

「ニャーの武器はこの爪ニャから、人間の武器は必要ニャいのニャ」

「ああっ！　そうだったニャー‼」

「ニャーのアクセントが甘いニャ」

そうだった、ニャットは武器を使わないんだった。だってネコの手だもん。武器は持てないよね。

衝撃《しょうげき》の事実に私は打ちひしがれる。

「大体、それの使い方を学びたいニャらもっと適役が居るニャ」

「え？　誰《だれ》？」

そんな人居たっけ？

「その短剣の元の持ち主だニャ」

「あっ、そっかメイテナさん！」

そうだった！　この短剣は元々メイテナさんの物だし、あの人に使い方を学べばいいんだ！

「よし、それじゃあメイテナさんに頼みに行こう‼」

第9話　戦士の復帰

◆鋼《はがね》の翼《つばさ》◆

「はぁっ‼」

魔物《まもの》の側面に回り込《こ》んだ俺《おれ》は、魔物の首目掛《めが》けて剣《けん》を叩《たた》き込む。

マーツの精霊《せいれい》魔法の援護《えんご》を受けた俺の剣は、ズシャという音と共に大した抵抗《ていこう》もなく魔物の首を叩き斬《き》った。

「せいっ！」

直《す》ぐに戦況《せんきょう》を確認《かくにん》すれば、メイテナが別の魔物に槍《やり》を放っていた。

しかしマーツの魔法援護を受けていないために一撃《いちげき》では倒《たお》しきれない。

「グオゥ‼」

「させません！」

魔物が反撃とばかりにメイテナに長い尻尾《しっぽ》を振《ふ》るうが、それをパルフィの盾《たて》がガードする。

「助かる！」

魔物から槍を引き抜《ぬ》いたメイテナが魔物の喉元《のどもと》を貫《つらぬ》くと、苦しみの声をあげた魔物が尻尾を振るってメイテナを再び攻撃《こうげき》する。

しかしパルフィの盾が再びそれを阻《はば》む。

そしてバンバンと盾を叩く音が幾度《いくど》か続いたあと、魔物の体から力が失われた。

「こいつで最後か」

俺は周囲に動く魔物が居ないことを確認すると剣を下ろす。

「イザック、腕《うで》の具合はどうだ？　痛みはないか？」

戦いが終わると、メイテナが不安そうな顔で俺の元にやって来る。

「大丈夫《だいじょうぶ》だ。この通りピンピンしてるよ。嬢《じょう》ちゃんの薬様々だ」

俺は右腕をブンブンと振って元気いっぱいだとアピールするが、メイテナはまだ不安なのかアワアワとしながら俺の右腕を目で追っていた。

「本当に凄《すご》い効き目ですね。副作用の類も全くないようですし」

マーツが感心したようにかつて俺の腕が切断された箇所《かしょ》に視線を向ける。

「ああ、痛みも何もない。最初から怪我《けが》なんかしてなかったようだぜ」

「本当に凄い偶然《ぐうぜん》でしたね。まさかロストポーションの持ち主がこの町に現れるなんて」

パルフィはあの嬢ちゃんとの出会いを運が良かったと評する。

「いや、それはどうかな。俺は必然だと思うぜ」

だが俺はあれをただの運だとは思わなかった。

「え？」

「これまでも似たようなことがあっただろ？　まるで、あらかじめ用意されていたかのように都合よく偶然が重なる時がよ。あの嬢ちゃんとの出会いも、そういう偶然とは思えない人知を超《こ》えた必然だったのかもしれないぜ」

「ま、まさかぁ……」

俺の言葉にパルフィが困惑《こんわく》の表情を見せる。

「寧《むし》ろそういうのはお前さんの方が信じる方じゃないのか？　神の御加護《ごかご》ですとか言ってよ」

「それはまぁそうかもですけど……」

まぁパルフィの気持ちも分かる。コイツは司祭だが、冒険者《ぼうけんしゃ》として町から町へ渡《わた》ることで教会から出たことのない連中よりも現実ってものを知っているからな。

祈《いの》っているだけじゃ何も変わらねぇし、神様は都合良く人間を救っちゃくれないってさ。

「さて、今日のところはこの辺で切り上げるとするか。

「流石《さすが》に金貨10枚は言い過ぎです。金貨7枚といったところじゃないかな」

「大差ないだろ」

俺の概算《がいさん》にマーツが細かく指摘《してき》をしてくる。

ったく、エルフはこういうところが神経質なんだよな。

まぁ、コイツはエルフにしてはだいぶ緩《ゆる》い方なんだけどよ。

◆

冒険者ギルドに戻《もど》った俺達《たち》は、討伐《とうばつ》した魔物素材の解体と査定を頼《たの》むと、ギルドの施設《しせつ》内に併設《へいせつ》された食堂に向かう。

ここは査定が終わるのを待つ冒険者向けの店で、収入を得て気が大きくなった冒険者の財布《さいふ》から金を吸い取る嫌《いや》らしい店だ。

まぁその分新人向けの安いメニューもあるから駆《か》け出しの頃《ころ》は助かるんだがな。

ちなみに新人向けの安いメニューは値段相応に味も不味《まず》い。

新人はこの飯の不味さに辟易《へきえき》しつつ、たまに仲良くなった先輩《せんぱい》冒険者から美味《うま》い飯を奢《おご》ってもらって、いつか自分達もこれを毎日食べられるようになるんだと奮起するのが通過儀礼《つうかぎれい》だ。

「よう」

そんなことを思い出しつつ酒を飲んで寛《くつろ》いでいたら、珍《めずら》しい顔が声をかけてきた。

「副ギルド長がお出ましとは珍しいな」

「ここは冒険者ギルドの運営する食堂だ。俺が居て当然の場所だろう？」

当然、ね。ギルドのお偉《えら》いさんがこんな時間から来るとは思えないがなぁ。

「それで、何か用かい？」

「何、鋼の翼の復活を祝おうと思ってな」

いけしゃあしゃあと心にも思っていないことを副ギルド長は告げる。

「そりゃどうも。で、本音は？」

「裏に来てくれ」

ほらもう本音が出た。

俺達は食堂を出ると、ギルドの奥《おく》にある商談用の部屋へ入る。

ここは大口の依頼《いらい》がある時や、あまり人に聞かれたくない依頼を受ける為《ため》の会談場所となっていた。

「こんな所にご招待とは、何か後ろめたい依頼かい？」

「はぐらかすな。何故《なぜ》呼んだかは察しているんだろう？」

俺の軽口を副ギルド長はあっさり撥《は》ね除《の》ける。

「さぁな」

「その腕だ。どうやって治した？」

まぁ、それを聞いてくるよな。

「パルフィのところの神様の御加護だよ」

「……」

冗談《じょうだん》に取り合う気はないってか。

「悪いな。言えねぇ。言わないことが条件だったんでな」

そう、あの嬢ちゃんとの約束だからな。

俺達は誰《だれ》に治療《ちりょう》してもらったのか言う訳にはいかねぇんだ。

「そうか」

「何だ、もう諦《あきら》めんのか？」

あっさりと副ギルド長が矛《ほこ》を収めたことに俺は拍子《ひょうし》抜《ぬ》けする。

「お前達が言わないと約束したのならどうあっても言わんのだろう？　こちらとしても無理に聞き出そうとしてお前達がへそを曲げたら困る。よその国に拠点《きょてん》を移しでもされたら大損害だからな」

「ははは っ、まぁそういうこった」

どうやら副ギルド長も本気で聞き出そうとした訳じゃなかったみたいだな。

　ということはつまり……。

「分かった。俺はもう聞かん。だが気をつけろよ。お前の腕を治した方法を知ろうと嗅《か》ぎまわっている連中がいる」

　やっぱりそれが本題か。

　話を聞きだす為じゃなく、俺達に警告する為に呼んだって訳だ。

「忠告ありがとよ」

◆

「嗅ぎまわっている連中ねぇ」

　査定も終わったところで俺達は冒険者ギルドを後にする。

「ちょっと心配だよね」

「俺がか？」

「馬鹿《ばか》を言うな、あの子に決まっているだろう」

　マーツの言葉に冗談で返すも、横から出て来たメイテナに切って捨てられた。

「そうですね。私達を嗅ぎまわっていれば、イザックさんの腕が治った前後であの子と接触《せっしょく》していたことは容易にバレてしまうでしょうから」

　パルフィの言う通り、狙《ねら》われるとしたら嬢ちゃんの方だよなぁ。

「腕の立つ護衛が居るみたいだけど、ちょっと心配だよね」

「……気を配っておいた方がいいかもしれんな」

「だな」

タダの商人ならともかく、嬢ちゃんは冒険者にとって命に等しい利き腕を治してくれた恩人だ。

なら、助けられた義理は果たさねぇといけねぇよな。

「さて、どう動いたもんか」

◆

なんて悩《なや》んでいたら、意外にも嬢ちゃんの方からこっちに接触してきた。

「私から短剣の扱《あつか》い方を学びたい？」

宿に戻った俺達の元に、カコの嬢ちゃんが短剣の使い方を学びたいとやって来たからだ。

「はい！　せっかく頂いた短剣ですけど、使い方が分からないので教えてほしいんです！」

「ふむ……」

稽古《けいこ》を付けてほしいと頼まれたメイテナが俺達に視線を向けてきたので、俺はすぐに頷《うなず》く。

同様にマーツとパルフィも頷いた。

「いいだろう。では私がカコの師匠《ししょう》になろう」

「はい！　よろしくお願いします師匠！」

ようし、これで嬢ちゃんを護衛する口実が出来たな。

それにメイテナが短剣の扱いを教えるとなれば俺達と接触した理由を誤魔化《ごまか》すことが出来て一石

二鳥だ。

あとはその間に裏で嗅ぎまわっている連中を何とかすればいいだろう。

「ふ、ふふ。師匠、私が師匠か」

……いやあのなメイテナ、弟子《でし》が出来たのが嬉《うれ》しいのは分からんでもないけど、目的を忘れんなよ？

第10話　実戦訓練

「ではこれより訓練を開始する！」

メイテナさんに短剣《たんけん》の扱《あつか》い方を教えてもらうことになった私は、冒険者《ぼうけんしゃ》ギルドに連れてこられた。

「ギルドには冒険者が訓練を行う練習場があるからな。あそこなら宿に迷惑《めいわく》もかけん」

とのことだった。

本当なら冒険者じゃない私は使えないんだけど、そこは上位冒険者であるメイテナさん達《たち》が監督《かんとく》するということで特別に許可が下りたのだった。

流石《さすが》上位冒険者、信用されてる！

「短剣の基本的な構えはこうだ。空いた方の手に盾《たて》を持つか別の武器を持つかでまた構えは変わってくるが、まずは基本を覚えておけ」

「はい！」

私はメイテナさんの真似《まね》をして訓練用の木剣を構える。

さすがに本物で訓練するのは危険だからだ。

「短剣の振《ふ》り方はこう！　腕《うで》だけで振るな。体全体を動かして振るえ！」

「は、はい！」

「違《ちが》う、こうだ！」

「はい！」

メイテナさんの訓練はなかなか厳しかった。

とはいえ、実戦で死なないように戦うのなら厳しい方が信用出来る……んだけど、やっぱりキツい‼

「素振《すぶ》りをしながら聞け。短剣はその特性から一撃《いちげき》で大きな手傷を負わせるものではない。相手の隙《すき》を見て小さい傷を確実に与《あた》えるものだ。そして短剣でとどめを刺《さ》そうと思わずともよい」

「え？　でも倒《たお》せないと意味が無いんじゃないですか？」

「振りが甘《あま》い！　もっと体全体を動かすことに集中しろ！」

「は、はい！」

「戦いとは大きな傷だけで決するものではない。小さな傷でも、傷の数が多ければ出血多量で相手を失血死させることも出来る。血を多く流すことは戦いにおいて相当な不利になるのだ」

「な、成る程《ほど》！」

確かに力が弱い私の短剣じゃ大ダメージは与えられそうにないからね。

ゲームでも大きなダメージを与えるのは大剣とか大物の武器の役目だ。

「まぁそうは言っても短剣でそこまで戦いを長引かせることが出来るのは結構な戦巧者《いくさこうしゃ》なのだがな」

「え？」

あ、あれ？　短剣の特性を活《い》かした戦いをしろって意味じゃなかったの？

「実戦で確実に手傷を負わせたいのなら、間合いを活かせる槍《やり》が最適だ。短剣は他の武器が無くなった時の予備武器として扱うのが正しいだろう」

「えー⁉　それじゃあ短剣の訓練って意味が無いんですか⁉」

「そうでもない。槍の間合いの内側まで接敵されれば短剣で迎撃《げいげき》するべきだろう。何より短剣は屋内などの狭《せま》い場所での取り回しに優《すぐ》れている。要は使う場所に適した道具を使うかどうかだ。ほら、振りが甘くなっているぞ！」

「は、はい！」

こんな風に武器の使い方を学ぶと、今度は戦闘《せんとう》時の体の動かし方を教わる。

攻《せ》めてこいというメイテナさんに攻撃《こうげき》を仕掛《しか》けるも、簡単に避《よ》けられ逆に木剣でペチペチと叩《たた》かれてしまう。

「短剣の使い手はとにかく相手の懐《ふところ》に入り込《こ》む必要がある。だがそれは人一倍危険な行為《こうい》だ。はっきり言ってカコでは100回やって100回死ぬな」

「うぐっ」

全く以《もっ》てその通りなんだけどなんだか悔《くや》しい。

「そして武器を扱う際は当てることよりも避けること、守りを重視しろ。当てることに専念するあまり防御《ぼうぎょ》がおろそかになっては意味が無いからな！」

「はい！」

今度は攻めてきたメイテナさんの攻撃を必死で避ける。

「お前の武器は攻撃の為《ため》ではなく、相手の武器を受け流す為の細い盾と思え。真正面から受けるな。斜《なな》めに構えて滑《すべ》らせろ！」

「は、はい！」

言われた通りに斜めに構えると数回に一回はメイテナさんの攻撃を受け流すことに成功する。

まぁほぼ全部喰《く》らってるとも言うけど。

「そもそもお前には護衛であるネッコ族が居るのだから、攻めに回る必要はないからな」

完全に防御に専念しろってことかぁ。

「お前が自衛の手段を覚えれば、護衛も安心して攻撃に専念出来る。つまり敵を早く倒せるようになるという訳だ」

確かに、ゲームでも防御力の低い後衛が纏《まと》めてダメージを受けると、慌《あわ》てて皆《みな》で回復アイテムを使うことになるから攻撃の手が緩《ゆる》んじゃうもんね。

その後もガッツリと訓練を受けた私は足腰《あしこし》が立たなくなるまで鍛《きた》えられたのだった。

……鍛えられたよね？

「よし、基礎《きそ》は分かったな。明日は実戦訓練だ！」

「え？」

ようやく訓練が終わったと思ったら、メイテナさんがそんなことを言い出した。

「明日は森に出て実際に魔物《まもの》と戦うぞ」

「え、ええーっ⁉　魔物と戦うーっ⁉」

ちょっ、この人いきなり何言ってるの⁉

「うむ、元々その為の訓練だろう？　なら次は実際に戦って感覚をつかむのがいいだろう」

「で、でもまだ訓練を始めたばかりですよ⁉　危なくないですか⁉」

「安心しろ。私もいきなり岩狼《いわおおかみ》や刺突兎《しとつうさぎ》と戦えとは言わん、最初は子供でも準備すれば戦える弱い魔物からだ」

「そ、そうですか。それなら……」

だ、大丈夫《だいじょうぶ》だよね？

「訓練とはいえ実戦だ。冒険に必要な物はちゃんと用意してくるんだぞ！」

「分かりました！」

こうして訓練を始めてたった一日で私は実戦を経験することになるのだった。

◆

翌朝、私とニャットはメイテナさん達と合流すべく町の入り口へとやって来た。

「おー、来たな嬢《じょう》ちゃん達」

「あっ、イザックさん！」

すでにメイテナさん達は到着《とうちゃく》してたようで、私達の方が待たせてしまったみたいだ。

「今日はイザックさん達も一緒《いっしょ》なんですか？」

「ああ、メイテナだけじゃ心配だからな」

「何を言う！　森の入り口程度なら私一人でも十分守ってやれるぞ！」

イザックさんの言葉にメイテナさんが自分だけで十分だと反論する。

「とはいえ、今は魔物の数が異常に多くなっていますからね。万が一を考えて私達も同行した方が良いでしょう」

とパルフィさんが二人をたしなめる。

「カコちゃんが怪我《けが》をしても私が治してあげますから安心してくださいね」

「は、はい。よろしくお願いします！」

おっとり系お姉さんに微笑《ほほえ》まれると女同士でもドキッとしちゃうわー。

「あれ？　そういえばマーツさんは？」

そこで私はあのイケメンオブイケメンのマーツさんの姿が無いことに気が付く。

「ああ、マーツのヤツは別件で出かけてるんだよ。今回は森の外周に居る弱い魔物相手だから斥候《せっこう》役であるアイツが出張るほどでもないしな」

そっかー、あの眼福イケメンが居ないのか。それはちょっと残念かなー。

「しかし今日は完全装備だな。嬢ちゃん」

と、イザックさんが私の格好《かっこう》について言及《げんきゅう》してくる。

「はい、実戦デビューなので、ちゃんとした装備をしてきました！」

「ほう、川大トカゲの鎧《よろい》に走り大亀《おおがめ》の盾か。駆《か》け出しにしちゃ随分《ずいぶん》いい装備じゃねぇか。俺《おれ》の時もこんな装備が欲《ほ》しかったもんだぜ」

どうやらイザックさん的にも私の装備はかなり良い品みたいだね。

ふっふっふっ、ゲームでも初心者プレイヤーなら見た目も茶色い弱い革《かわ》の装備でスタートだもんね。

でも私は白くて綺麗《きれい》な高級装備で強くてニューゲームなのだー！

所持金チートさいこー！

「そうか？　寧《むし》ろもっと良い装備の方がよかったのではないか？　ミスリルとは言わずとも、双牙《そうが》狼《おおかみ》の革鎧や鉄甲《てっこう》コガネの盾くらいは身に着けた方がいいだろう」

と、そこにメイテナさんが話題に加わってくる。

あ、あれ？　もしかしてこの装備ってそこまででもない？

「双牙狼の革鎧とかめちゃくちゃ高級品じゃねぇか！　中位冒険者でもそんな高級品使ってるヤツいねぇよ！」

「そうか？」

「ダメだ、価値観が違いすぎる」

「ちなみに双牙狼は上位の魔物である上に群れで行動するからかなり危険だニャ。鉄甲コガネは名前の通り鉄並みに硬《かた》い殻《から》を持つ魔物ニャから下手な武器じゃ傷もつけれないニャ」

違った。メイテナさんの感覚が世間一般《せけんいっぱん》とズレてるだけだったみたいだ。

流石元女騎士《きし》。やっぱりブルジョアなのかな……。

「さぁさぁ、無駄話《むだばなし》はそこまで。森に行きますよ皆さん」

「「「はーい」」」だニャ」

◆

町を出た私達は数時間ほど歩いてようやく森に到着する。

「結構森って遠いんですね」

もっと近くにあるかと思っていたので、疲《つか》れたよ。

「森には魔物も多いからな、あまり近い場所に町を作るといざ魔物が大繁殖《はんしょく》した時に町が襲《おそ》われて大変なことになるんだよ。とはいえ、薬草などの採取を考えて離《はな》れすぎないギリギリの立地らしいがな」

成る程、安全を考えた場所に町を作ったんだね。

「ちなみに普通《ふつう》の冒険者ニャらもっと早く到着するニャ。今日はおニャーの足に合わせて移動したからこれだけ時間がかかったのニャ」

「ええ⁉　そうだったんですか⁉」

何だか随分と迷惑をかけてしまっているみたいで申し訳ない。

「気にしないでカコちゃん。新人冒険者を導くのも私達先輩《せんぱい》冒険者の大事な仕事なのよ」

「パルフィさん……」

パルフィさんは後輩にノウハウを教えたり、無理な依頼《いらい》を受けようとしている後輩を諫《いさ》めるのも大事な役割なのだと教えてくれた。

「あの、でも私冒険者じゃないんですけど……」

「あっ」

うん、私は商人だからね。

「まぁ人生の後輩なのは間違いないだろ。そんじゃ森に入るから、全員気を引き締《し》めろよ！」

「は、はい！」

イザックさんの号令を受けた皆が武器を構えたので、私も慌てて短剣を抜《ぬ》く。

「嬢ちゃんの手に負えない魔物は俺達が相手をするから安心しな」

「はい！」

「隊列は先頭を俺、次にメイテナ、パルフィ。その後ろに嬢ちゃん、ネッコ族の旦那《だんな》は殿《しんがり》を頼《たの》むぜ」

「任せるニャ」

「おい、カコの護衛に殿を任せるつもりか？」

イザックさんの指示にメイテナさんが待ったをかける。

「今日はマーツが居ないからな。気配に敏感《びんかん》なネッコ族に頼むのがいいだろう」

「ニャーはかまわないニャ。これも護衛の仕事のうちだニャ」

「だとよ」

「……分かった」

ニャットが問題ないと言ったのでメイテナさんが不承不承頷《うなず》く。

「じゃあ行くぞ！」

◆

森の中を進むのは大変だった。

この世界に来たばかりの時は夢中で移動していたから気づかなかったけど、改めて歩いてみると大変さが身に染《し》みる。

「森を歩くときは足を前に出すのではなく地面を踏《ふ》む感じで歩け。普通に歩くと根や草に足をからめ捕《と》られるからな」

「はい！」

イザックさん達から森の歩き方を学びつつ私は前に進む。

けれどそれだけじゃなかった。

「はぁっ‼」

メイテナさんの槍が魔物の喉《のど》を貫《つらぬ》いて倒す。

「せい！」

即座《そくざ》に槍を引き抜くと、後続の魔物に次々と槍を突《つ》いて倒してゆく。

「ふわぁ、凄《すご》い……」

実際メイテナさんの槍捌《さば》きは凄かった。

まるでアクションゲームの主人公みたいに人間離れした動きで魔物を倒していくのだ。

「良く見ておけカコ！　見て学ぶことも立派な修行《しゅぎょう》だからな！」

「は、はい！　凄いです！」

「ふっ、この程度の魔物、造作もない！」

「おーおー、弟子《嬢ちゃん》にいいとこ見せたいからって張り切っちゃってまぁ」

「う、煩《うるさ》いぞイザック！」

そうこう言っている間にメイテナさんは魔物の群れをたった一人で倒してしまった。

「すっごー、一人で全部倒しちゃった」

「森の外周に居る魔物程度なら、私達一人でも十分に撃退出来るから、安心してねカコちゃん」

それってつまり、パルフィさんも一人で倒せるってことですか……。

上位冒険者パない……。

「おっ、見ろ嬢ちゃん！」

「はい？」

イザックさんが指さした方向を見ると、森の奥《おく》から複数の何かが近づいてくるのを確認《かくにん》する。

「あれは？」

それは小さくピョンピョン跳《は》ねながらこちらに近づいてくる。

形は丸っこく色は半透明《とうめい》のその姿はまるで……。

「ボールスライムだな」

そう、ゲームでも有名なスライムにそっくりだったのである。

「うわぁ、可愛《かわい》い！」

ボールスライムは動くたびに体が潰《つぶ》れては元に戻《もど》り、その姿が何とも愛嬌《あいきょう》があるのだ。

うーん、スライムがマスコットになるゲームが多いのも分かるよ！　あと触《さわ》るとひんやりしてそう！

「ちょうどいい、戦ってみろカコ」

「え!?　私がですか！」

突然《とつぜん》戦えと言われて私は困惑《こんわく》する。

私、メイテナさんみたいな超《ちよう》絶《ぜつ》運動神経でアクション出来ないよ!?

「ボールスライムは動きも遅《おそ》いし大した攻撃力も持たん。カコの鎧ならダメージもないだろうから大丈夫だ」

「そ、そうなんですか？」

「ほら来たぞ嬢ちゃん。武器を構えろ」

「え!?　え!?」

メイテナさんと話している隙に近づいてきたらしく、ボールスライムはすぐ傍《そば》まで迫《せま》っていた。

「え、えと‼」

私は慌てて剣を構えてボールスライムを威嚇《いかく》する。

「ポニュ！」

「ひえっ！」

ボールスライムが体当たりをしてきたので私は慌てて回避《かいひ》する。

可愛くても襲われたらやっぱ怖《こわ》いよ！

「そうだ！　攻撃よりも回避に専念だ！」

「こ、このお！」

攻撃を外して動きが止まったボールスライムに短剣を振りかぶる。しかし……。

「ポニョ！」

もう一匹《ぴき》のボールスライムに死角から攻撃を喰らってしまった。

「キャァァァ!?　痛ぁ……くない？」

けれど予想に反してボールスライムの攻撃は全く痛くなかった。

「あ、あれ？」

「言った通りだろう。ボールスライムは弾力《だんりょく》のある体だから、体当たりしても自分の柔《やわ》らかさで衝《しょう》受け流す。


撃《げき》を吸収してしまうんだ」

「え⁉　そうなんですか！」

　それってつまり攻撃力0のモンスターってこと⁉

「ほら、盾を構えて攻撃を受け流せ。ダメージがないから練習に最適だろう！」

「は、はい！」

　ダメージが無いと分かったことで安心した私は、訓練を思い出してボールスライムの攻撃を盾で受け流す。

　そしてもう一匹の攻撃を短剣で受け流すと、二匹の隙をついて短剣で突く。

「ポニョォ‼」

　ああっ、可愛らしい鳴き声で悲鳴がぁ！　ごめんね！　ごめんね！

　でも襲ってきたのはそっちの方が先なんだからね！

　私は盾で攻撃を受け流し、もう一匹の攻撃を避けながら短剣でボールスライムを攻撃してゆく。

「おーし、いいぞいいぞ！　その意気だ嬢ちゃん！」

「この時期の森の外周にはボールスライムが多いから、魔物の大量発生さえなければ新人冒険者の訓練に最適なんですよ」

「ああ、だからっ！　森に！　連れて！　きたん！　ですねっ！」

「そういうことだ！」

「てーい！」

「ポニョォォ‼」

私の攻撃を何度も受けたボールスライムは、水風船が割れるようにはじける。

よし倒した！　あと一匹！

「せい！　せい！　せい！」

一対一になれば戦いは一方的だった。

回避反撃回避反撃のリズムでボールスライムに攻撃を加えると、大した時間もかけずに二匹目のボールスライムを撃破する。

「た、倒したぁ！」

「まだだ！　周囲を警戒《けいかい》して敵が残っていないか確認！」

「は、はい！」

敵を倒して気が抜けた私にメイテナさんの叱咤《しった》が飛ぶ。

私はすぐに周囲をキョロキョロと見回して敵が居ないことを確認する。

「もういません！」

「よし！　よくやったカコ！」

何とか魔物を倒した安心感で、私は地面にへたり込む。

どっちかと言うと、魔物との戦いよりもメイテナさんの鬼《おに》教官っぷりが怖かったかも。

「でも、私魔物と戦って勝ったんだ……」

初めての実戦で心臓が、ううん、体全体がドキドキしている。

「よっ、お疲れさん、これが嬢ちゃんの初戦果だ」

「え？　これは？」

イザックさんが私の手に半透明の石のようなものを二つ握《にぎ》らせる。

「ボールスライムの魔石だ。魔物の魔石はマジックアイテムの素材になったり魔法の触媒《しょくばい》に使われたりするから金になるぞ」

「へぇー！」

これが魔石！　ゲームとかで素材以外に見るヤツだ！

「まぁボールスライムは最弱クラスの魔物だから大した金にはならねぇが、それでも駆け出し冒険者にとっちゃ貴重な収入だ。大事に使いな」

「はい！」

これが私の初戦果！

薬草を初めて採取した時とはまた違う意味でドキドキする。

「よし、それじゃあボールスライムが出てきたらカコに相手をしてもらうからな！」

「はい！」

こうして私はボールスライムをひたすらに狩《か》りまくるのだった。

「冒険者になるのもありかもだね！」

◆

「よし、そろそろ休憩《きゅうけい》しよう」

魔物と戦い続けて数時間（体感）、開けた場所に出てようやく私達は休憩をとることにした。

「ふいー、疲れたぁ」

気が抜けたことで疲れが襲ってきたのか、私はその場にへたり込む。

「お疲れさん。飯の準備をするから、嬢ちゃんは休んでな」

「ありがとうございます」

お言葉に甘えて休ませてもらおう。

けど、冒険者ってホント大変なんだなぁ。

合成スキルのお陰《かげ》で商人になれた私はラッキーだったよ。

「けど、沢山《たくさん》魔石が手に入ったね」

私は魔法の袋《ふくろ》から自分が倒したボールスライムの魔石を取り出す。

その数は多く、両手いっぱいにやっと収まる程の量だ。

「魔石かぁ。何に使えるかなぁ。ワクワクするよ」

まぁ新人冒険者が練習として戦うような魔物の魔石だから大した価値はないみたいだけど、例えば合成スキルの素材として使えば意外な用途《ようと》が見つかるかもしれない。

そう考えると、森の中は素材の宝庫と言えるよね。……魔物を倒せればだけど。

「そういえば、薬草も森の中で見つけたんだよね」

ふと私は今のうちに薬草も集めておくべきかなと考える。

手持ちの薬草は全部商人ギルドに卸《おろ》しちゃったからなぁ。

それにここで採取しておけば、また合成スキルで薬草を合成して最高品質の薬草として売れるしね。

「あの、今のうちに薬草採取してきていいですか？」

「薬草？　そりゃ構わねぇが……うーん」

けれどイザックさんはちょっと困ったような顔をする。

「何か問題があるんですか？」

「いやな、薬草はちょっと見つからねぇかもしれねぇからよ」

「薬草が見つからない？」

え？　どうして？　薬草って言ったら森に生えてるものじゃない？　私が採取した薬草も森の中にあった訳だし。

「魔物が大量に発生してるって話は知ってるか？」

「はい。町に入るときに門番さんから聞きました」

「実はな、その増えた魔物が森の薬草を食い散らかしたり踏み荒《あ》らしたりして、採取出来る薬草の量が減ってるんだよ」

ああっ、もしかしてポーションが値上がりしてるのってそれが原因!?

「それに魔物が増えてるから、薬草採取でお金を稼《かせ》ぐ新人冒険者達が襲われて尚更《なおさら》薬草の供給が滞《とどこお》っているのよ」

とパルフィさんが話に加わってくる。

言われてみればここに来るまでも結構な数の魔物と遭遇《そうぐう》したもんね。

下を向いてウロウロ薬草を探していたら、これ幸いと魔物にパックリ頭を齧《かじ》られかねない。

「それニャらニャーが護衛するから大丈夫だニャ」

そこに肉球を上げたのはニャットだった。

「ニャット！」

「ニャーはカコの護衛だからニャ。薬草採取の間はニャーが守るニャ」

「ネッコ族の旦那がそう言うのなら構わねぇが、今言った通り薬草が手に入らなくても落ち込むなよ」

「はい！　分かりました！」

でも大丈夫、丁度今良い方法が思い浮《う》かんだからね！

「あんまり離れるなよー！」

「はーい！」

イザックさん達に見送られ、私とニャットは森の中へと分け入っていく。

そしてイザックさん達の姿が見えなくなったところでニャットがこちらを向いてこう言った。

「で、何を思いついたニャ？」

「あ、バレた？」

「おニャーとの付き合いは短いが、こういう時はニャにかやらかすと学んだニャ」

どうやらニャットにはお見通しだったみたい。

「あはは……えっとね、雑草を合成して薬草を作れないかなって」

「ニャに⁉」

私の提案にニャットのヒゲがピンと跳ね上がる。

「ほら、私のスキルって別種の素材同士を掛け合わせると全く別の素材に合成出来るから、違う雑草を掛け合わせれば薬草を作れるんじゃないかなって」

「お、おニャーとんでもないことを考えるニャァ……」

心底驚《おどろ》いたと言いたげな様子でニャットはヒゲを撫《な》でる。

「町は薬草不足で大変みたいだし、上手《うま》くいったら皆助かるでしょ？　という訳でやるだけやってみようと思います！」

「……まぁおニャーがやりたいのニャら、やってみるニャ。ニャーは近くにいる魔物を狩ってくるニャ」

私のやりたいことを認めてくれたニャットは、立ち上がると森の奥へと向かう。

「え⁉　行っちゃうの⁉」

いや待って、万が一魔物が忍《しの》び寄ってきたら私死ぬ自信あるよ！

「心配しニャくてもおニャーを確認出来る範囲《はんい》に居るニャ。ニャーの気配察知は世界一ニャから、おニャーに魔物は近づけないニャ！」

「そ、それなら安心……かな？　よ、よろしくねニャット！」

ホントに大丈夫だよね⁉　信じていいんだよね⁉

「じゃ、ちょっくら行ってくるニャ！」

そしてニャットはあっという間に姿を消してしまった。

「……よ、よーし、それじゃあ合成タイムだよ！」

魔物の恐怖《きょうふ》を強引《ごういん》に誤魔化《ごまか》すと、私は採取用の手袋を身に着ける。

採取する素材の中には危険な毒草もあるからね。

準備が出来た私は、まだ鑑定《かんてい》が出来ていない雑草を引っこ抜いて合成を始める。

「合成！　そして鑑定！」

『モイトン草：噛《か》むとスッとする草。食事のアクセントに。良く繁殖するので植える場所は気をつけた方が良い』

「えっと、ミントみたいな奴《やつ》かな？」

まぁ毒草が出来るよりはいいか。

鑑定に使った草はどんな草かな？

『ズク草：凄《すさ》まじい繁殖力で増える草。特に用途はない』

『レブカ草：触るとかぶれるので素手で触らない方が良い』

うわぁ、微妙《びみよう》だぁ。あとレブカ草は手袋してて良かったよ。

「次いってみよう！」

そうして何種類もの雑草をどんどん合成していき、雑草鑑定リストが凄まじい勢いで増えてゆく。

「うおお、予想以上に雑草の種類が多い……雑草って、なんだっけ」

雑草を合成して雑草を作るの物凄く心が虚無《きよむ》になるぅ……。

その時だった。

『スクリ草：ポーションの材料になる薬草。煎《せん》じて傷薬として使うことも出来る』

「き、きたぁぁぁぁ‼」

遂《つい》に薬草ことスクリ草の合成に成功した私は、ソシャゲでSSRが来た時のような興奮に襲われる。

「おおー！　ただの薬草だけど、これはただの薬草じゃない！」

自分でも何を言っているのか分からないが、この興奮を察していただきたい。

私はウキウキしながらスクリ草の合成に使った草を確認する。

「えっと、確かこれとこれだったよね。鑑定！」

『ロアエ草：傷口に塗《ぬ》ると血止めの効果がある』

『キカ草：煎じるとキカ茶として飲める』

成る程、この二つで薬草が合成出来るんだね。

キカ草は煎じるとお茶になるあたり、ポタン草と同じような感じなのかな？

念の為、私はちゃんとこの二つでスクリ草が合成出来るのか確認する為に再度合成を試《ため》す。

するとしっかりスクリ草が合成出来た。

『合成スキルが成長しました。一括《いっかつ》合成が解放されました』

「え？」

更《さら》に、驚くことがもう一つ起きた。

成長⁉　スキルが⁉　それに一括合成って⁉

目の前に浮かんだポップアップウインドウをスクロールすると、説明文が表示される。

『一括合成：一度合成した素材の名称《めいしょう》を指定すると纏めて合成することが出来る』

「おおっ‼　これは凄い‼」

つまりクラフト系ゲームで言えば、アイテムを作製する時に何個作るか自由に選べる感じだね！

うおお！　これは便利だよ！

「あっ、これなら手当たり次第《しだい》に雑草を引っこ抜いてもスクリ草に必要な素材だけ消費されるんじゃないかな！」

試しに雑草をいくつか適当に引っこ抜いて合成を試してみる。

「スクリ草を作れるだけ合成！」

すると雑草の小山が光り、数本のスクリ草が現れた。

「やった！　大成功！　使わなかった雑草も残ってるね。これは鑑定出来るのかな？」

しかし一度合成に成功したもの以外は鑑定に引っかからなかった。

「成る程、合成に使わなかった未鑑定の雑草は合成したことにならないんだね」

それでも便利なことには変わりないよ。

これでスクリ草の大量生産だって可能になる！

「よーし、魔法の袋に収まるだけ合成するぞー！」

私は雑草を無造作に引っこ抜くと、合成を繰《く》り返しスクリ草を量産してゆく。

「こんなもんかな。あっ、でも合成したスクリ草を全部持って帰ると、スクリ草を取り尽《つ》くしたと思われちゃうかも」

ゲームでも次に採取する時の為に全部取らずに必要な分だけ採取するって言ってたし、もし根こそぎ採ってきたと思われたら怒《おこ》られるかもしれない。

「よし、少し残していこう！」

私は合成したスクリ草の一部を地面に植え直して、最初からここに生えていたかのように偽装《ぎそう》する。

「よーし、これでおっけー！　あとは何食わぬ顔で戻るだけだね。ニャットー！　そろそろ帰るよーー！」

「……分かったニャー」

こうして私は薬草の合成レシピとスキルの成長という予想外の成果を得て皆の元に戻るのだった。

◆ニャット◆

「じゃあ近くの魔物を狩ってくるニャ」

カコが合成スキルでスクリ草を作ると言うので、ニャーは周囲のゴミ掃除《そうじ》をすることにしたニャ。

「いってらっしゃーい」

全く以て危機感のニャい娘《むすめ》ニャが、まぁそれがあの娘の持ち味ニャからしゃーニャい。

ニャーはある場所を目指して移動を始める。

ただし、まずは目的の場所の真逆の方向にあえて進むニャ。

そして完全な死角に入った瞬間《しゅんかん》、大きく回り込むように目的の場所へと向かうニャ。

そこには二人の人間達の姿があったニャ。

そいつらはまだニャーが後ろに迫っているのに気付かず、間抜けにも背中を晒《さら》していたのニャ。

「あのガキ、何やってるんだ？」

「薬草採取だろ。それよりも護衛が居なくなったんだ。攫《さら》うなら今じゃないか？」

やっぱりそうかニャ。

こいつ等《ら》はカコがやらかしたことを知って金になると思った連中だニャ。

「へへっ、護衛対象から離れるなんざ、マヌケな護衛だぜ」

「マヌケはお前等だニャ」

「「え？」」

ニャーは背後から不審《ふしん》な二人を襲い、意識を刈《か》り取ったニャ。

弱い、弱すぎるニャ。所詮誘拐犯《しょせんゆうかいはん》なんてこんなモンにゃ。

まったく、護衛が突然姿を消して不審に思わないなんてコイツ等こそマヌケにも程があるニャ。

だがニャーは油断などしニャいニャ。

「それで、おニャーはいつまで隠《かく》れているつもりニャ？」

ニャーの放った殺気に背後に潜《ひそ》んでいた者の気配が動揺《どうよう》する。

「気付いていたのかい？」

「当然だニャ。ネッコ族の鼻を甘くみるニャ」

姿を現したのはマーツと名乗っていた冒険者達の仲間だったニャ。

その片手には誘拐犯の仲間と思《おぼ》しき男がぐったりとした様子で引き摺《ず》られていたのニャ。

恐《おそ》らくは仲間が見つかった時に情報だけ持って逃《に》げる為の伝令役だニャ。

「森でエルフの上を行かれると立つ瀬《せ》がないんだけどね」

「おニャーの目的もこの連中かニャ？」

ニャーは倒した二人に爪《つめ》を向けて尋《たず》ねたニャ。

「ああ、カコちゃんを狙《ねら》っている相手が何者なのかを調べようと思ってね。君が先に捕《つか》まえてしまったけど」

やはりコイツは敵じゃなかったニャ。この二人と違ってこいつからは敵意も悪意も感じニャかったからニャ。

「まどろっこしいニャ。コイツ等はどうせ雑魚《ざこ》ニャ。適当に脅《おど》してボスの所に案内させた方が早いニャ。そういうのはおニャー等の得意技《わざ》ニャ？」

「いやいや、エルフが尋問《じんもん》や拷問《ごうもん》が得意と思われても困るよ。まぁ出来ないことはないけどね」

そうかニャ？　ニャーの知るエルフには結構邪悪《じゃあく》な連中も居たニャよ？　それを言ったら人間もおニャじだけどニャ。

「面倒《めんどう》なのはおニャーらに任せるニャ。ニャーは襲ってくる相手を叩きのめす方が得意ニャからな」

「はは、だろうね」

「そろそろ帰るよー、ニャットー！」

おっと、用事は終わったようニャ。

「カコが呼んでるから帰るニャ。この件は元々おニャー等の不始末が原因ニャ。ケツは自分達で拭《ふ》くニャ」

「ああ、分かったよ」

まったく、歯ごたえのない賊《ぞく》だったニャ。

これならボールスライムの方がよっぽど歯ごたえがあったニャ。

アイツ等はポンポン跳ねてニャーの狩猟《しゅりょう》本能が激しく揺《ゆ》さぶられるからニャ！

けど、カコが実戦経験を積めたのはよかったニャ。

その方がカコが色々な意味で成長するからニャ。

第11話　魔石《ませき》合成!!

「ふぃー、疲《つか》れたぁ」

ようやく宿に帰って来た私は、精根尽《せいこんつ》き果ててベッドに倒《たお》れ込《こ》む。

今日はいろんなことがいっぱいあって疲れたよ。

薬草については……まぁ明日でいいや。

「……」

私は魔法の袋《ふくろ》からボールスライムの魔石を引っ張り出す。

ザラという音と共に、ベッドの上に何十個ものボールスライムの魔石が広がる。

私はそのうちの一個をつまんで眺《なが》める。

「ふへへっ、綺麗《きれい》だなぁ」

半透明《とうめい》のその石は宝石と言うには濁《にご》っているし、綺麗に磨《みが》いても高く売れそうもない。

でも、私にとっては初めて魔物を倒した記念品で、世間が決めた以上の価値を私は感じていた。

「……やっぱり今やっちゃおうかな」

魔石を見ていたら、今日はもう疲れたから明日やろうと思っていたアレを今からやりたくなってしまった。

だって待ちきれないんだもん。

「何かするのニャ？」

「うん、ボールスライムの魔石を合成してみようかなって」

「また妙《みょう》ニャことを」

ニャットがまた変なことを始めるのかと訝《いぶか》しげな視線を送ってくる。

「薬草は品質が良くなったけど魔石の場合はどうなるのか知りたくて。品質が良くなるのか？　そうなった場合高く売れるのかなって」

「魔石の場合は質よりもどんな魔物の魔石ニャのか、それと大きさが価値をもつニャ」

けれどニャットは魔石の質には意味が無いと言う。

「じゃあ同じ魔物なら価値は大差ない感じ？」

「そうだニャ。多少例外もあるが大きさも同じ魔物同士ニャらそう変わらないからニャ」

ふむふむ、聞いた感じだと魔石を合成する価値はなさそうだね。

「でも沢山《たくさん》あるし、折角だから試《ため》してみるよ！　合成！」

私はボールスライムの魔石を持つとさっそく合成を試してみる。

ピカッと光った後に残ったのは、合成前と特に代わり映《ば》えしないボールスライムの魔石だった。

「パッと見、変わった感じはしないね。とりあえず鑑定《かんてい》」

『状態の良いボールスライムの魔石：ボールスライムの体内から取り出した魔石。綺麗に採取されている。水属性。マジックアイテムの素材や動力、魔法の触媒《しょくばい》として使われる』

「あっ、ちょっと良くなった！」

やっぱり魔石でも品質が変わるみたいだね！

よーし、在庫はまだまだ沢山あるし、もっと合成して調べてみよう！

「合成！　そして鑑定！」

『非常に状態の良いボールスライムの魔石：ボールスライムの体内から取り出した魔石。水属性。とても状態が良い。マジックアイテムの素材や動力、魔法の触媒として使われる』

やっぱり状態は良くなってるね。このまま状態を良くすると薬草みたいに最高品質になるのかな？

よし、最高品質になるまで合成を続けてみよう！

「合成合成また合成っと‼」

そして何度目かの合成と鑑定を繰《く》り返した時、驚《おどろ》くべきことが起こった。

『ボールスライム変異種の魔石：希少な変異種の魔石。水属性。錬金術《れんきんじゅつ》で防具と合成すると衝撃《しょうげき》を和《やわ》らげる効果を得られる』

なんと魔石は最高品質になる代わりに、変異種の魔石に変化したのである。

「やった！　変異種の魔石になったよ！　しかも防具に合成すると衝撃を和らげる効果だって！」

「は～、そうなのかニャ～、良かったニャ～……ニャッ⁉　ニャにぃーっ⁉」

ベッドでヘソ天してだらけていたニャットが足をバタバタさせて驚く。

「それは本当かニャ！」

体を丸めたニャットはバネのように跳《は》ねさせることで体を反転して起き上がった。

「うん。変異種の魔石だよ。ほらっ」

ニャットに見せたボールスライムの魔石は、確かに他のボールスライムの魔石とは輝《かがや》きが違《ちが》った。

「ニャんと……ニャーの目には違いが全然分からニャいが、おニャーの鑑定がそう鑑定したのニャら事実なのニャ……」

「ねぇねえ、これならニャットが戦って倒した魔物の魔石も全部変異種の魔石に出来るんじゃない⁉　そうすれば冒険者《ぼうけんしゃ》ギルドに買い取ってもらう時も高く売れるし、その魔石を武器や防具に合成すれば、簡単にマジックアイテムみたいな物が出来上がると思うんだけど！」

そうだよ。変異種素材の防具にしたことで特殊《とくしゅ》効果が付いたんだから、変異種の魔石にも新しい能力が付加される可能性は非常に高いよ。

っていうかそうじゃん。魔物素材の鎧《よろい》が変異種の鎧になったんだから魔石だってそうなる可能性高かったんだ！　今の今まで忘れてた！

「という訳でまずは私の鎧に合成してみよう！　合成‼　そして鑑定！」

『最高品質の川大トカゲの鎧：最高級の川大トカゲの革《かわ》がふんだんに使われた鎧。軽く硬《かた》く動きやすい。中級の魔物が相手なら相当な防御力《ぼうぎょりょく》を発揮する。炎《ほのお》系の魔法の威力《いりょく》を弱める効果がある。ボールスライム変異種の魔石の力で衝撃を和らげる効果がある』

「やった！　合成成功‼」

よっしよっし！　これで変異種の魔石を合成し続けて凄《すご》い鎧を作ることが出来るよ‼　ふふふ、初期装備の革の鎧を防御力＋99、全属性攻撃《こうげき》と全デバフに耐性《たいせい》付きとか出来ちゃうよ！

「これはまたトンでもないことをしたもんニャ……カコ、おニャー絶対この町でその鎧の性能を話すんじゃやニャいぞ」

ニャットは誰《だれ》かに知られたら大変だと神妙な顔で私に警告してくる。

「言わないって」

流石《さすが》の私も合成で強化した鎧の性能を自慢《じまん》したりはしないよ。

そんなことしたら絶対どこでそんなものを手に入れたんだ！　って聞かれちゃうもんね。

「こっそり自分の装備を強化する為《ため》だけに使うから安心して！　あっ、でもこの町を出たら他の町で合成したアイテムを売るのはありだよね！　うんうん、目玉商品が増えるのは商人として嬉《うれ》しいね！」

町から町へ移動するなら、別の町で仕入れたって言って売ればいいんだもんね！

「……これはまだまだニャーが見張ってニャいと危なっかしいニャア」

「よーし、それじゃあ次は走り大亀《おおがめ》の盾《たて》にも合成だー！」

こうして初めて実戦を経験した日の夜は更《ふ》けていくのだった。

第12話　幕間《まくあい》　影《かげ》から動く者

◆？・？・？◆

「鋼《はがね》の翼《つばさ》のイザックの腕《うで》が治った⁉　それは本当なのか⁉」

このところの魔物《まもの》の大発生の影響《えいきょう》で店の売り上げが下がったことに頭を悩《なや》ませていた私は、部下からの驚《おどろ》くべき報告に仰天《ぎょうてん》した。

高位の魔物の群れに襲《おそ》われ、二度と戦えなくなった筈《はず》の上位冒険者《ぼうけんしゃ》イザックの傷が完治したというではないか。

「はい。冒険者ギルドのみならず、町の住人にも目撃《もくげき》されています」

部下は間違《まちが》いではないと断言する。

「信じられん、イザックの腕は魔物に喰《く》われて失われた筈。ハイポーションでは治らんのだぞ！」

ちぎれた腕が残っていればハイポーションで治療《ちりょう》することは出来る。

だがイザックの腕が失われたことは間違いなく、それを治す手段は限られている。

「考えられるのは高位の回復魔法を使える大司祭級の術者だが、それ程《ほど》の術の使い手がこの町に来たのなら噂《うわさ》にならない筈がない」

高位の回復魔法を使える司祭は、信者を増やしたい教会にとって貴重な駒《こま》だ。

それゆえに地位と名誉《めいよ》を与《あた》えて回復魔法の使い手を教会から出さないように囲い込《こ》むのが教会の

常套手段《じょうとう》。

であれば高位の回復魔法の使い手が偶然《ぐうぜん》やって来たというのは考えづらい。

「まさか、ロストポーションだとでも言うのか⁉　だがアレの材料になるイスカ草は刈《か》り尽《つ》くされて久しい。代替《だいたい》素材での再現研究も遅々《ちち》として進んでいない筈……」

ロストポーションに関しては高位の回復魔法の使い手よりもあり得ない。

何しろイスカ草は我々商人が大陸の隅《すみ》から隅まで探しまわったからな。

今では枯《か》れかけのイスカ草一本すら残っていない筈だ。

「もしやどこかの秘境で新たなイスカ草の群生地が発見されたのか⁉」

考えられない話ではない。

この大陸にもまだ人が入れない危険な場所はある。

そういった場所は未《いま》だ冒険者達《たち》が探索《たんさく》を行っている状況《じょうきょう》であり、我々商人の情報網《じょうほうもう》も届きづらい。

「もしイスカ草の群生地が発見されたのなら一大事だ」

アレはロストポーションの材料になるだけではなく、毒薬の原料としても非常に有用だ。

イスカ草の群生地が発見されたという話は欠片《かけら》も聞いたことがないが……本当にそうならあり得ない話でもない。

もしイスカ草の群生地が発見されたなら、貴重な最後のイスカ草を独占《どくせん》するべく領主、場合によっては国が動く可能性だってあるのだ。

そうなれば群生地を封鎖《ふうさ》し誰《だれ》も入れないようにしてしまうだろう。

それゆえイザックの腕を治療した者はイスカ草が採取されなくなることを恐《おそ》れてイスカ草の群生地の情報を秘匿《ひとく》した可能性がある。

「とはいえこれも憶測《おくそく》にすぎんか。だが真相がどうあれ、イザックの腕を治したことは事実。ならばそこには儲《もう》け話のネタがあるのは間違いない」

もし本当にロストポーションで治療したのなら、そこから生まれる金銭的価値は計り知れん。

他の連中が動く前に何としても我々がイザックの治療をした者を確保する必要がある。

「すぐにイザックの腕を治療した者を捜《さが》し出せ！　そして見つけたら手段は問わん。必ず私の所に連れてこい！」

「承知しました。……ところであのお方への報告はいかが致《いた》しましょうか？　ロストポーションともなると報告した方が良いと思うのですが」

と、部下がこの件をかのお方に報告をしなくても良いのかと尋《たず》ねてくる。

確かにあのお方は我々の後ろ盾《だて》ではあるが、これ程の儲け話だ。

迂闊《うかつ》に報告したらあの方が自分だけで独占するために直属の部下を動かしかねん。

そうなってはせっかくの儲け話がふいになってしまう。

「この件はまだ情報が足りん。ぬか喜びさせてただの勘違《かんちが》いだったらお叱《しか》り程度では済まんぞ。まずは確定出来るだけの情報が集まってからだ」

「畏《かしこ》まりました！」

うむ、まずは私の管理下に置いてから報告せんとな。

昨今、魔物が急激に増えた所為《せい》で旅人や行商人は町を素通りするようになってしまった。

更《さら》に宿に泊《と》まる者も翌朝にはすぐに町を発《た》ってしまうので、町では碌《ろく》に買い物をしなくなってしまったのだ。

その為《ため》、店の売り上げは下がる一方だった。

だが、それがまさか新たな儲け話を持ってきてくれるとは思わなかったぞ！

それもそんじょそこらの儲け話などではない。大金が絡《から》んだ儲け話だ！

「くくっ、金の匂《にお》いがプンプンしてきたぞ！」

◆

「……遅《おそ》いな」

イザックの治療に関《かか》わったと思われる小娘《こむすめ》の監視《かんし》を命じて数日が経過したある日、件《くだん》の小娘が鋼の翼と共に町を出たとの報告があった。

もしかしたらイスカ草の手がかりがあるかと思って部下に追跡《ついせき》を命じたのだが、一向に連絡役《れんらくやく》が報告に戻《もど》ってくる気配がない。

町の入り口を監視していた部下から小娘達が町に戻ってきたという報告を受けたにも拘《かか》わらずだ。

「あの馬鹿《ばか》共め、一体どこで油を売っているのだ！」

使えない部下への苛立《いらだ》ちを募《つの》らせていると、部屋の外が騒《さわ》がしいことに気付いた。

「ええい、何を騒いでいるんだ！」

出来の悪い部下共を叱ろうと立ち上がろうとしたその時だった。

突然《とつぜん》部屋の扉《とびら》が大きな音と共に開くと、何かが室内に飛び込んできた。

「な、なんだ⁉」

「「「う、うう……」」」

室内に飛び込んできたのは、小娘を見張る為に送った部下達だった。

「なっ⁉」

「よう、お邪魔《じゃま》するぜ」

入ってきたのは私も知っている人物達だった。

「……鋼の翼！」

そう、現れたのはこの町でも有数の冒険者パーティ鋼の翼だったのだ。

「おお、俺《おれ》達のことを知っているとは嬉《うれ》しいねぇ！」

「な、何の用だ」

まさかコイツ等《ら》が直接押《お》しかけてくるとは予想外にも程があった。

ここまで直接的な手段で来るとは！

「いやな。ウチの元騎士《きし》様の弟子《でし》を狙《ねら》ってる不埒者《ふらちもの》が居たんだが、なんとそいつ等がこの店の従業員だっていうじゃねぇか。これは大変だと思って店まで連れてきたんだよ」

「弟子？」

弟子とはどういう意味だ？

「カコは私の弟子だ」

「貴女《あなた》は……メイテナ＝クシャク……侯爵令嬢《こうしやくれいじよう》」

メイテナ＝クシャク、彼女《かのじょ》は鋼の翼の一員である上位冒険者だ。

だが、その正体は王都銀嶺《ぎんれい》騎士団の元副団長という超《ちょう》エリートであり、更に王国東部を総《す》べるクシャク侯爵家の令嬢でもあった。つまりは高位貴族ということだ。

彼女は過去の経歴や実家の権威《けんい》をひけらかすことを好まない為、その正体を知っている者は意外と少ない。

私も鋼の翼のような上位冒険者ならば、いつか直接商談を行うことになるかもしれないとあらかじめ情報を集めていたからこそ彼女の正体を知ることが出来たのだ。

その貴族令嬢の弟子だと⁉

「ほう、私のことを知っていたか。本来なら今の私は一冒険者に過ぎないと言うところだが、カコは私の弟子だ。つまりクシャク侯爵家の保護下にあると思え。もしあの子に手を出したなら、それはクシャク家を敵に回すことだと知るのだな」

「なぁっ⁉」

どこの誰とも知れぬ小娘を侯爵家が守るだと⁉　本気か⁉

い、いかん。たかが小娘の為に高位貴族とことを構えるなど冗談《じょうだん》ではない！

「ご、誤解です！　こんな連中私は知りませんよ！　きっとウチの店の名前を勝手に使って責任逃《のが》れをしようとしたに違いありません！」

「ふーん、じゃあコイツ等は少女誘拐犯《ゆうかいはん》として衛兵に突《つ》き出していいんだな？」

「ええ、勿論《もちろん》ですとも」

所詮《しょせん》コイツ等は捨て駒《ごま》として雇《やと》ったゴロツキ。

後で衛兵達に鼻薬を嗅《か》がせて始末すればいい。

イスカ草の群生地の情報は非常に惜《お》しいが、貴族と敵対するのは分が悪すぎる。

「成る程、誤解ならいいんだ。町でも有名な冒険者御用達《ごようたし》の店、キーマ商店が子供を誘拐するような店でなくてよかったよ」

「は、ははは、ゴロツキに名前を利用されるとは思ってもいませんでしたよ……」

明らかにこちらの言い分など信じていない顔で私を一瞥《いちべつ》すると、鋼の翼は去って行った。

そんな嵐《あらし》が過ぎ去ったような室内で私の中に浮《う》かび上がった感情は……怒《いか》りだった。

「たかが冒険者風情《ふぜい》が……偉《えら》そうに！」

そうだ、あいつ等は何様のつもりだ！

私の店の商品が無ければまともに冒険も出来ん癖《くせ》に‼

腕の件だってウチの店でもっと高級な装備を調《ととの》えていればあんなことにはならなかったのだ！

それなのに私の商売の邪魔をするとは、全く以《もっ》て忌々《いまいま》しい！

「だが今はダメだ。警戒《けいかい》されている時に手を出すなど愚《ぐ》の骨頂。チャンスを待たねば。機を見極《みきわ》めることこそ商人として最も大切なことだ」

その為にも、今は準備だ。

周到《しゅうとう》に、入念に準備を進めるのだ。

幸いあの小娘は流れ者。

町を出たところを押さえれば良い。

イスカ草の枯渇《こかつ》によってロストポーションの製造は不可能になった。

それゆえ失われた体の一部を取り戻したいと切望する者は多い。

そんな状況でイスカ草の群生地を押さえることが出来れば、貴族にすら貸しを作ることが出来るようになる。

それこそあのお方ですら私に対して気を使わざるを得なくなる筈。

そうだ、イスカ草が与えてくれる利益は金だけではない。

「ロストポーションを占有すれば、王族御用達の商人になることすら夢ではない」

部下達が集めた情報ではあの小娘以外に鋼の翼に接触《せっしょく》した部外者はいない。

宿の従業員は町の住人で、医者や錬金術師《れんきんじゅつし》も失われた体の一部を取り戻すことは不可能と匙《さじ》を投げたのだから無関係だろう。

自分達に治す手段があるのならとっくに治療の話を持ち掛《か》けている筈。

寧《むし》ろそれを大々的に公表して宿の目玉サービスとして客を呼び込むだろうからな。

つまり鋼の翼が復活した理由はあの小娘しか考えられないのだ！

「鋼の翼の目の届かない場所で狙う。情報を得た後は死体を魔物にでも喰わせれば良い。そうすれば証拠《しょうこ》は残らんし、あとは復活させたロストポーションで王族に取り入れば侯爵家といえど手出しは出来ん！」

くくくっ、完璧《かんぺき》だな。

我ら商人は冒険者と違って目先の利益に目をくらませず、数年先の利益を見据《みす》えることが出来る生き物なのだ！

「ふ、ふふふ、はははははっ！　よし、念の為あのお方に連絡を取り、冒険者ギルドに圧力をかけてもらうようかけあえ！　依頼《いらい》を回して鋼の翼があの小娘から離《はな》れるように仕向けるのだ！」

「畏まりました旦那《だんな》様」

後ろ盾はこうやって利用せんとな！

この時、鋼の翼への報復と小娘の捕縛《ほばく》について意識を巡《めぐ》らせていた私は、屋敷《やしき》の屋根から音もなく立ち去った影に気付かなかったのだった。

第13話　魔勢《まぜい》来たる

「うーん大量大量！」

私達《たち》は収獲《しゅうかく》した変異種の魔物の魔石と最高品質の薬草を袋《ふくろ》がパンパンになるまで詰《つ》めてホクホクで帰路についていた。

先日魔石を合成すると、変異種の魔石になると知った私はニャットに頼《たの》んで森に連れて行ってもらい、魔石狩《が》りに勤《いそ》しんでいたのだ。

私はもっぱらボールスライム専門で、ニャットはそれ以外の魔物を担当。

そしてある程度狩ったらその場で合成を繰《く》り返して変異種の魔石に変えて魔法の袋のスペースの確保を繰り返す。

完全に私の都合に付き合ってもらう形になったけど、ニャットとしても魔物との戦いは鍛錬《たんれん》になるので快くＯＫをくれた。

代わりにお昼ご飯は私が作ることになったんだけどね。

「うーん、やっぱりおニャーの料理は美味《うま》いニャ！　魔物狩りをしながら美味い物が食べれるのならこれからはおニャーを連れて狩りに行くのもありだニャ！」

とのことだった。

まぁ私としては強そうな魔物の居る森の奥《おく》にはあんまり行きたくないんだけどね。

途中《とちゅう》で襲《おそ》ってきた魔物の中には明らかに私が戦ったら死ぬようなのが何匹《びき》もいたし。

あとは雑草を合成して薬草を作り、それらを更《さら》に合成して最高品質の薬草も確保した。

スキルが成長したことで量産も楽になったしね！

ついでに擬装《ぎそう》用の薬草群生地も作っておいたから、薬草の採取場所のアリバイもバッチリ。

「でもちょっと長居し過ぎちゃったね。暗くなる前に戻《もど》らないと」

「そうだニャ。スピードをあげるからしっかり掴《つか》まっているニャ！」

「う、うん！」

今日はメイテナさん達も居ないので、ニャットの背に乗せてもらうことで移動時間を短縮中だ。

そしてスピードアップの発言は伊達《だて》ではなく、数時間も経《た》たないうちに町の城壁《じょうへき》が見えてきた。

ただ、町の姿を見た私は何かおかしいと感じた。

「あれ？　なんだろう？」

「ニャ？」

町の入り口に立っている門番さんがこちらを見て大きく腕《うで》を振《ふ》って何かを叫《さけ》んでいる。

一体何を叫んでいるんだろう？

町に近づくにつれ、門番さんの声が聞こえてくる。

「早……れ！」

「何かな、良く聞こえないよ」

「早く……町には……れ……!!」

そうしてようやく門番さんの声が聞こえる距離《きょり》まで近づく。

「早く町に入れ！　魔物の群れが近づいてきている!!」

「ええっ⁉」

魔物の群れ⁉

「入町税はいらん！　早く入れ‼」

「分かったニャ！」

ニャットはスピードを落とすことなく町に入ると、すぐに門番さんも門の内側に入る。

すると門が音を立てて閉まり、太い閂《かんぬき》が門に差し込《こ》まれる。

「あの、魔物の群れってどういうことですか？」

ニャットから降りた私は門番さんに何が起こったのか尋《たず》ねる。

「ん？　あれ？　嬢《じょう》ちゃんはこないだの。この町に戻って来たのか？」

正しくは森に採取に行っただけなんだけどね。

「ええとだな、前に町に来た時に魔物がやたらと徘徊《はいかい》するようになったっていうのは聞いたよな？」

「ええ。その所為《せい》で森にも魔物が増えて薬草が採取しづらくなったんですよね？」

「そうなんだ。で、別の村の方面から森に向かっていた冒険者《ぼうけんしゃ》達が偶然《ぐうぜん》魔物がこの町の方角に向かっていくのを見かけて伝えに来てくれたんだ」

「なんで町に来るんですか⁉」

ゲームの防衛戦じゃあるまいし、なんで都合よく魔物の群れが町に来る訳⁉

「魔物の大半は肉食だからニャ。森の獣《けもの》の数が減ったことで大量に肉の喰《く》える場所を求めて移動を始めたんだニャ。よくよく考えると今日は森の中の魔物の数が少なかったからニャ」

「あれで⁉　寧《むし》ろ結構な数が居たと思うんだけど⁉　ボールスライムとか一杯《いっぱい》いたじゃん！」

「ボールスライムの体は水みたいニャものだから魔物の餌《えさ》にはニャらないんだニャ」

あー、言われてみれば確かに。スライムの体はゼリーみたいなものだもんね。

「野生の獣と違《ちが》って魔物は人間を獲物《えもの》にするニャ。で、人を喰ったことのある魔物が人の匂《にお》いが強い場所に向かえば当然森から近いこの町が狙《ねら》われるって寸法だニャ」

「何それ、魔物ってそんな簡単に人間を襲ってくるわけ⁉」

「勿論《もちろん》魔物だって安全に倒《たお》せる相手や近くにいる相手を狙うニャ。けど人間は一部を除いて戦いに向かニャい奴《やつ》も多いニャ。おニャーのようにニャ」

ううう、そう言われると否定出来ない。

「ネッコ族の旦那《だんな》の言う通りだ。既《すで》に領主様の騎士《きし》団が出陣《しゅつじん》して町の近くにある平野で魔物を迎《むか》え撃《う》っている。非常事態だからな、特例で入町税を免除《めんじょ》して門を閉めるところだったんだが、アンタ達は運が良かったよ。いや、こんな時期に町に来たのは運が悪かったのかもな」

な、成る程《ほど》、私達はあと少しで魔物が向かってくる町の傍《そば》で締《し》め出しを喰らうところだったんだ……あっぶなー。

そしてさっき感じた違和《いわ》感の正体も分かったよ。

町の入り口に入町税を支払《しはら》う為《ため》の行列が出来ていなかったんだ。

「なぁ、アンタネッコ族ってことは戦士なんだろう？　良かったら防衛隊として町を守る為に戦ってくれないか？　冒険者ギルドも町を守る為に冒険者に特別依頼《いらい》を出しているんだ」

「ふむ、ニャーはかまわんニャ」

「ニャットも戦うの？」

門番さんに頼まれたニャットが頷《うなず》いたので、私は本気かと尋ねる。

魔物の群れってどれだけ来るか分かんないんだよ？

イザックさんだって凄《すご》く強い冒険者なのに魔物の群れに襲われて片腕《かたうで》を無くしちゃったんだよ？

「ニャー達ネッコ族は名誉《めいよ》ある戦いを望む種族ニャ。なら町を守る戦いは望むところなのニャ。カコは宿に戻っているニャ」

「う、うん。分かった」

ニャットがそうするって言うのなら、私にこれ以上止める権利はない。

元々ニャットの護衛は旅をしている間だけだしね。今日みたいに採取の手伝いをしてくれたことの方が特別なんだ。

「カコ、念のため鎧《よろい》は着たままでいつでも逃《に》げられるように袋も傍に置いておくニャ！」

「分かった！　ニャットも気をつけてね！」

◆

宿に戻った私はずっとソワソワしていた。

だって町はこんな状《じょうきよう》況で皆《みな》不安そうだし、合成の練習用の素材を買うにも露店《ろてん》やお店がやってるかも分かんないし。

あるのはボールスライムの変異種の魔石とニャットに狩ってもらった火傷《やけど》狼《おおかみ》の変異種の魔石と腕《わん》角野牛《かくやぎゆう》の変異種の魔石、それに最高品質の薬草の束だけ……。

「あっ、そうだ！　薬草は役に立つかも！」

魔物の群れと戦うってことは、怪我《けが》をする人も多い筈《はず》。

私の薬草も皆の役に立つ筈！

「よし！　薬草を商人ギルドに持って行こう！」

私も自分の出来ることをするよニャット！

◆

薬草を売る為、私は商人ギルドにやって来た。

だけどギルド内はいつもとは違った喧騒《けんそう》に包まれていた。

騒《さわ》がしいのはいつもの通りなんだけど、剣呑《けんのん》な空気がギルド内に渦巻《うずま》いている。

更に受付を見ると『非常事態につき本日の取引は中止させていただきます』と書かれた貼《は》り紙が貼られていた。

「これは困った」

せっかく薬草を売りに来たのに、これじゃあ買い取りを頼むことが出来ないよ。

まずは職員の人に相談するべきかなと思って周囲を見回すと、丁度いつもの受付のお姉さんの姿があった。

「とにかく手当たり次第《しだい》に店に出向いてため込んでいる薬草とポーションを吐《は》き出させなさい！　店に薬を卸《おろ》している錬金術師《れんきんじゅつし》の所にもいくのよ！　行商人にもあたりなさい！」

お姉さんは他の職員の人達に指示を出しているみたいだ。

指示を出せるってことは意外と上の役職だったりするのかな？

「すみません。隣町《となりまち》の商人が町の商人とトラブルになったと苦情が……」

「非常事態だって貼り紙を見せて追い返しなさい！」

おおう、かなり忙《いそが》しそうだなぁ。

でも薬草は欲《ほ》しいと思うから、勇気を出して話しかけてみよう。

要らないなら持って帰ればいいだけだし。

「すみませーん」

私が近づいて話しかけると、お姉さんはすぐにこちらに気が付いてくれた。

「だから今日は……あらマヤマカコさん。申し訳ないのですが本日は非常事態で取引は出来ないんです」

私の姿を見たお姉さんは急に柔《やわ》らかい雰囲気《ふんいき》になると、かがみ込んで私と視線を合わせながらそう言った。

……いやね。なんというかこの対応、凄く小さな子を相手にしているように感じるのは気のせいですか？

ま、まぁいいや。門前払いにはならなそうだし。

「薬草の買い取りをお願いしたいんですけど」

「ですから本日は……薬草？」

薬草という言葉にお姉さんの目がクワッと開く。いや迫力《はくりょく》凄っ⁉

「は、はい。魔物の群れが近づいてきて騎士団や冒険者さん達が戦ってるんですよね？　だったら怪我人も出ると思ったんで、採取した薬草を持ってきたんですけど」

「採取したんですか!?　どこで!?　ああいえ、今はそれは良くないけどいいんです。それよりも薬草はどれくらいあるのですか!?」

　お姉さんはずずいっと薬草を見せてくれと詰め寄ってくる。

「えっとですね……」

　私は魔法の袋から取り出した薬草を近くのテーブルにのせてゆく。

「こ、こんなに採取出来たんですか!?　しかも高品質な薬草まで!!」

　ふふふ、メイテナさん達と森に行った時に採取した薬草も持ってきたからね、結構な量でしょ。

　それにこれだけ薬草があれば、この中に混ざっている最高品質の薬草も良い感じに誤魔化《ごまか》せてるんじゃないかな？

「森の外周にはまだ薬草の群生地が数か所ありましたから、これでも足りなければ採取に行くといいですよ。向こうの街道《かいどう》を真っすぐ進んで西の森が見えたら入ってすぐの外周部に群生地がありました」

「そんな近くに!?　というか採取地を教えて良かったんですか!?」

　あー、これはもしかして言わない方が良かった奴かな？　採取する人達にとっては群生地って秘密の穴場みたいな感じなんだろうか？

　でも私が作っちゃったなんちゃって群生地だしね。

「構いませんよ。今は非常事態ですから。それに私達は旅人なので、いずれ居なくなるのに秘密にしておく必要もないでしょ。その内誰《だれ》か見つけるでしょうし」

「は、はぁ……」

お姉さんはそれでいいの？　と目をパチクリしていたけれど、すぐに状況を思い出したのか薬草の査定をしに奥へ走って行った。

そしてそう時間もかけずにお姉さんは戻って来る。

「お待たせしましたマヤマカコ様！」

「随分《ずいぶん》早いですね」

いや実際早いよ。この町に来て最短タイムだ。

「今日は他に査定待ちの客はいませんから。それに非常事態ですので、略式で査定させていただきました。勿論買い叩《たた》くような真似《まね》は致《いた》しません。薬草の群生地の情報料と非常時の協力的対応を加味して買い取り額を上乗せさせていただきました」

おおっ！　太っ腹!!

「薬草は半数が最高品質、残りも買い取りに問題ない品質でしたので、金貨１５０枚で買い取りさせていただきます」

「おおー！」

うひょー！　初めてこの町に来た時より高く売れたよ！

「薬草の群生地に関しては確認《かくにん》が必要ですのであまり高額は出せませんが、現物がある以上薬草の群生地があるのはほぼ確定です。全《すべ》て取り尽《つ》くしたりはしていませんよね？」

「はい。どの群生地でもある程度残してあります」

「大変結構です。群生地が確認出来ましたら追加で報酬《ほうしゅう》を支払わせていただきますね」

「あっ、じゃあその分はギルドの口座にお願いします。あとこのお金も金貨10枚以外は全部口座に預けます」

「承知いたしました」

よっし！　かなりの収入になったよ！

これ以上ここに居ても迷惑《めいわく》だろうから、さっさと宿に帰ろう。

「あの、マヤマカコ様」

「はい？」

去り際《ぎわ》にお姉さんが私を呼び止める。

「本当にありがとうございました」

そう言ってお姉さんは深々と私に頭を下げ、周りに居た職員さん達が一体何事かとギョッとする。

「あ、いえいえ、当然のことをしたまでですから。気にしないでください！」

実際の話、私も善意と言いつつ寄贈《きぞう》ではなく買い取ってもらったんだから一方的な善意ではなく損得を考えた行為《こうい》な訳で、なのでお姉さんが頭を下げる必要なんて全くないんですよ。

「じゃ、じゃあ私はこれで」

これ以上ここに居たら変に目立っちゃうと思った私はそそくさと商人ギルドを後にした。

けど、あんなに喜んでもらえるのなら来た甲斐《かい》があったよね！

◆

さて、用事も済んだし早く宿に帰らないと。

なんだか沢山《たくさん》の人の声がワーワー聞こえるし、かなり緊迫《きんぱく》した空気を感じる。

「急げ！　アイツ等《ら》は町の傍まで来てるんだぞ！」

「東側は最低限の人員でいい！　魔物が来る北西側の壁《かべ》に人を集めろ！」

「壁を破壊《はかい》された時の為にありったけの建材を運べ！」

衛兵さん達が大きな声で指示を出しては武器や木材を持った人達が走り回っている。

「おいそこの子供！　魔物が町に近づいて来てるんだ！　早く家に帰れ！」

ええ⁉　この状況で子供が出歩いてるの⁉

「キョロキョロしてんな！　お前のことだお前のこと！」

そう言って衛兵さんが私の方に向かってくる。

え？　後ろに誰か……居ない。

ま、まさか……。

私は自分を指さして衛兵さんを見ると、衛兵さんはそうだと言わんばかりに頷いた。

「一体どこの子供だ？　ん？　なんで子供が鎧を身に着けてるんだ？」

ってやっぱ私のことかぁぁぁぁ‼

何でこの世界の人間は私のことを子供扱《あつか》いするんじゃぁぁぁぁぁ！

「おい、どこの家の子供だ？　家まで送ってやる」

うぐぐ、口は悪いがこの衛兵さん意外と良い人っぽい。

「ええと、私は旅の商人です。商人ギルドに取引の品を出してきたので今から宿に帰るところです」

「商人⁉　子供に鎧を着せるとは随分と過保護な親だな⁉」

くわぁー！　だから子供じゃないっちゅーねん！

だけどこの状況で言い争いをしても周りに迷惑をかけるだけだし、私は大人の女だからね！

「宿にも自分で帰れるから大丈夫《だいじょうぶ》です」

「そうか？　今は町の外で魔物の群れが暴れているから、本当にすぐに帰るんだぞ。寄り道するんじゃないぞ」

衛兵さんは宿に向かう私に何度も寄り道をするなと後ろから声をかけてくる。

だから子供扱いするなっちゅーねん！

そして曲がり角を曲がってようやく衛兵さんの声が聞こえなくなったことでホッと息を吐《つ》く。

「うーん、私そんなに子供っぽかったっけ？　いやいや日本じゃ普通《ふつう》、普通だったから。身長はクラスで下から数えた方が早い程度には低……かったけど一番下じゃなかったから！」

きっとあれだ。海外の人から見たら日本人は子供に見えるってアレだよね！　そうに決まってる！

そんな時だった。

突然《とつぜん》、ドォォォォォォォン‼　と物凄い音と震動《しんどう》が走ったのだ。

「え⁉　何々⁉」

一瞬《いっしゅん》地震《じしん》かと思ったけど、もう震動は終わっているから地震じゃない。

けれど再びドォォォォン‼　ドォォォォォン‼　と二度三度と連続して物凄い音と震動が走る。

やっぱり地震じゃない。地震はこんな断続的にとぎれとぎれで揺《ゆ》れたりしない。

「何が起きてるの？」

誰かに聞こうにも、町の人達は家の中に閉じこもっていてお店も開いていないし、忙しそうに走り回っている衛兵さん達に声をかけるのも迷惑にしかならない。

考えられるのは一つ、魔物が町のすぐ傍で暴れているんだろう。

「ニャット、大丈夫かな……」

それに冒険者が戦うってことは、メイテナさん達も戦ってる筈。

しまった、薬草を全部売らずに皆の分くらいは残しておくんだった！

「でももう売っちゃった後だしな。とにかく今は宿に帰ろう」

私は足早に宿へ向かう。

しかし宿に向かうにつれ、音と震動の間隔《かんかく》が短くなっていく。

「急いで壁の近くに住んでいる住民を反対側に避難《ひなん》させるんだ！」

「くそっ、城壁崩《くず》しがあんなに居るなんて聞いてないぞ！」

「城壁崩し？」

私は近くで話し合っていた衛兵さん達の話を物陰《ものかげ》に隠《かく》れて聞き耳を立てる。

「このままだと城壁崩し共の角で壁を破壊されるぞ！　そうなったら町の中に魔物が入り込む！　そうなる前に町の住人を逃《のが》すべきじゃないのか？」

「逃すにしても護衛の数が足りん！　防壁が無い状況で魔物に襲われたら守れる者も守り切れん！

今の状況で出来るのは空いた穴から入り込む魔物を待ち受けて迎撃《げいげき》しつつ、バリケードを築いて外の本隊が魔物を討伐《とうばつ》するまで耐《た》えるだけだ！」

「そんな急場しのぎの方法じゃ時間稼《かせ》ぎにもならんぞ！」

「分かってる！　だがそれしかない！」

……これは予想以上にヤバいかも。

城壁崩しってのは魔物の名前だよね多分。

で、その魔物が町を守る壁を壊《こわ》してると。

そんで壁が壊れたらそこから魔物が入って来て、私達を喰い殺……。

「いやいやいやマジでヤバいじゃん！　宿に籠《こも》ってもどうしようもないよそれ‼」

どうする？　町から逃げる？　でも衛兵さん達が話していた通り、私一人じゃすぐに魔物に追いつかれておしまいだよ。

鎧を買ったけど、魔物の群れに襲われたらどれだけもつか。

っていうか鎧で覆《おお》ってない部分から食べられるだけじゃん！　意外に鎧も使えないな！

「それに逃げ切れたとしても町の人達を見殺しにする訳で……でも私が戦ってもどうにもならないし……」

何かいい方法は無いの？　壁が壊されるまでにニャット達が魔物を倒してくれる可能性は……さすがにこれは希望的観測が過ぎるってものだよね。

衛兵さん達だって戦ってるニャット達の状況を見てあんな話をしていた訳だし。

「となると自分達で何とかするしかないか……でも私に何が出来る？」

私に出来るのは合成スキルだけで、攻撃魔法《こうげきまほう》とかは使えない。

合成スキルで分かっているのは、同じ素材同士を合成すると品質が上がること、別種の素材同士を合成すると違う素材になること、同じ魔物素材の装備および魔石を合成すると変異種の装備になること、装備品に変異種の魔石を合成すると特殊《とくしゅ》な効果が付くことくらいかぁ。

あとは一括《いっかつ》合成だけど、それは今回役には……ん？　待てよ。

私は魔法の袋から今日採取したボールスライムの変異種の魔石を取り出す。

「ボールスライムの変異種の魔石を合成した際の効果は衝撃《しょうげき》を和《やわ》らげる効果が付く。じゃあそれを町を覆う防壁に合成したら……？」

私は一番近くに見える防壁に向かって走り出す。

上手《うま》くいくかは分からない。全く役に立たないかもしれない。でももしかしたら役に立つかもしれない。

防壁にたどり着いた私は、魔法の袋からボールスライムの変異種の魔石を取り出すと、防壁に押《お》し付けて声を上げる。

「防壁にボールスライム変異種の魔石を合成っ‼」

次の瞬間、防壁が眩《まばゆ》く輝《かがや》いた。

「どうだ！　鑑定《かんてい》‼」

『壊れかけの防壁：町を守る為に作られた石とレンガの防壁。ボールスライム変異種の魔石の力でわずかに衝撃を和らげる効果があるが気休め程度』

よしっ！　効果が付いた！　でも気休めって……。

ドゴォォォォォォン!!

「全然効果ないーっ!?」

あわわわっ、全然音も震動も小さくなってないよ！

いやまだだ！　防壁に対して使った素材の量が少なすぎたのかもしれない！

私はありったけのボールスライム変異種の魔石を防壁に押し付けると、再び叫んだ。

「合成!!」

再度防壁が眩く輝く。今度こそどうだ!?

ドゴォォォボヨヨォンッ!!

「おおっ!?」

今、明らかに音が変わったよね！　それに震動も殆《ほとん》どなかった！

ドボヨォォォン!!　ドボヨォォォン!!

やった！　完全に音が変わってる！

「やった！　成功だ!!」

よかったー！　これで防壁が破壊されるのを防げた！　防げた筈だよ!!

「……」

「よし、向こうの防壁の傍に行って衛兵さん達の話をっ…………ムグッ!?」

突然私の口が何かに塞《ふさ》がれる。

な、何事!?

次いで聞こえたゴッという音と共に、私の意識は掻《か》き消えたのだった。

◆ニャット◆

町を出たニャー達は騎士団が戦っている平原に向かっていたニャ。

そこで騎士団と合流して共に戦う予定だった……のニャが。

「魔物の群れだ！　総員戦闘《せんとう》準備‼」

予定していた平原にたどり着く前に魔物の群れと遭遇《そうぐう》してしまったのニャ。

「不味《まず》いぞ！　町のすぐ傍じゃないか！」

予想以上に町に近い場所での戦闘にニャッてしまったために冒険者達に動揺《どうよう》が走ったニャ。

「嘆《なげ》いていても状況は変わらん！　戦う場所が変わっただけだ！」

そこで声を上げたのは、カコに短剣《たんけん》の扱いを教えていた女冒険者だったニャ。確かメイテニャといったかニャ？

「そういうこった。そもそも俺《おれ》達冒険者はどこで魔物と遭《あ》おうが戦うことに変わりはねぇだろ？」

イザックとかいった冒険者も剣を構えて声を張り上げるニャ。

ニャフフ、コイツ等は戦士としての心構えがしっかりしているみたいだニャ。

「そ、そうだな！　どのみち戦うのは変わんねぇもんな！」

「よし！　行くぞお前等‼」

「「「「おお――――っっっ‼」」」」

流石《さすが》は上位冒険者だニャ。簡単に他の連中の心を掴むと、イザック達は魔物に向かって突撃《とつげき》を開始したのニャ。

「ニャーも行くニャ！」

ニャーは雑魚《ざこ》には目もくれず大物を狙っていくのニャ！　ネッコ族の戦士は強い敵との戦いを求める……って設定だったニャ。

「ニャーッ！」

分かりやすくデカくて他の連中が苦戦しそうな魔物を狙うと、ニャーはその体を素早《すばや》く駆《か》け上り首を爪《つめ》で切り裂《さ》いたニャ。

「グッツァッツ!?」

喉《のど》を切り裂かれた魔物は呼吸を封《ふう》じられ、声を上げることも出来ずに地面に倒れ伏《ふ》したのニャ。

「す、凄《すげ》ぇ。オーガを一撃で!?」

ニャーは次々と大物と明らかに強い個体を狙って倒していくニャ。

どれだけ強かろうとも、所詮《しょせん》下界の魔物はニャーの敵じゃニャいニャ。

「とはいえ、数が多いのは問題だニャ」

ニャー一人でも全部倒すことは出来るニャが、流石に力を抑《おさ》えたままじゃ時間がかかるニャ。本気を出すと怒《おこ》られるしニャア。

「突出するな！　近くにいる連中と連携《れんけい》を取れ！　複数で一体に挑《いど》め！　負傷者は後ろに逃がせ！」

そんな中、メイテニャの仲間達が苦戦する冒険者を援護《えんご》して回っていたのニャ。

態勢を立て直した冒険者達はメイテニャの指示を受けて戦線を拮抗《きっこう》させていくニャ。

「うーむ、流石は元騎士だニャ。堂に入った指揮の仕方ニャ」

上位冒険者であったこと、そして仲間達が連中を援護して回っていたのも功を奏したニャ。

命を助けられた冒険者達は素直《すなお》にメイテニャの指示に従い始めたのニャ。

「あれなら雑魚は任せても大丈夫ニャ。ニャーはもっと奥の大物を狙うべきかニャ」

魔物の群れの襲撃《しゅうげき》はボス個体を狙うか、一定の割合でいる大物個体か指揮個体を一定数倒す、もしくは群れの大多数を倒すことで逃走《とうそう》を始めるのニャ。

この場合群れの大多数を倒すのは現実的じゃニャいから、ここはボス個体狙いで指揮個体と大型個体を見かけたらついでに倒していく感じかニャ。

そうニャーが方針を決めたその時だったニャ。

ドゴォォォォォォン‼

突然町の方角から轟音《ごうおん》が響《ひび》いてきたのニャ。

「大変だ！　城壁崩しだ！」

「ニャンと！」

驚《おどろ》いたことに籠城《ろうじょう》戦の天敵である魔物、城壁崩しの群れが町を襲っていたのニャ。

「しかし城壁崩しくらいの大物がいたのニャら、ニャーが気付かない筈が無いニャ！」

「本体からはぐれた小群だ！　別方向から突撃してきやがった！」

この状況で城壁崩しだけが都合よくニャ⁉　ありえないニャ！

本当に偶然なのかニャ⁉　それともニャニ者かが意図的にやったのニャ⁉

「いニャ！　今は考えている暇《ひま》はないニャ！」

既に城壁崩しは防壁を破壊すべく突撃を行っているのニャ。

「まずはあいつ等だけでも倒すニャ！」

防壁が破壊されるまでにたどり着けるかニャ⁉

ニャーは速度を上げて町に向かうニャが、度重《たびかさ》なる城壁崩しの突撃によって防壁には既に大きなヒビが入っていたのニャ。

「これは……いざとなったらカコだけでも」

そうニャーが覚悟《かくご》を決めたその時だったニャ。

突然防壁が眩く輝きだしたのニャ。

「アレは⁉」

いや、ニャーは知っているのニャ！　アレはあの馬鹿女神《ばかめがみ》がカコに与《あた》えたバカみたいな加護の光だニャ‼

更にもう一度防壁が光を放つニャ。

すると……。

ドゴボヨヨォォォォン‼

ふざけた音を立てて防壁にぶつかった城壁崩しが弾《はじ》かれたのニャ。

「「「「なぁっ⁉」」」」

状況が分からニャい冒険者達が驚きの声をあげるのニャ。

だけどニャーだけは状況が分かっていたのニャ。

何を使ったのかまでは分からニャいが、アレは間違いなくカコが防壁に何かを合成したのニャ！

「何にせよ、時間は稼げたのニャ！」

防壁へとたどり着いたニャーは、即座《そくざ》に城壁崩し達を倒して回ったのニャ。

壁を壊すのが得意なコイツ等は、至近距離での戦いにおいて小回りが利《き》かないのが弱点だニャ。

結果、そう時間を置かずして城壁崩し達はニャーの爪によって残らず討伐されたのニャ。

「ふう……」

防壁の上に飛び乗って戦場を見渡《みわた》せば、ほぼ大勢は決しかけていたのニャ。

これならニャーが戦場に戻らニャくても大丈夫だニャ。

「やれやれ、本当ニャら叱《しか》らないといけニャいところニャけど、今回は褒《ほ》めてやるかニャ」

城壁崩しを倒して疲《つか》れたということにしたニャーは、目に見えて大勢が決していたこともあって早々に町に戻ることを許されたのニャ。

けれど、カコの姿は宿の何処《どこ》にも、そして町の何処にもニャかったのニャ……。

第14話　暗闇《くらやみ》の部屋

「うっ……」

体が痛い。

それに冷たくて硬《かた》い。これは床《ゆか》？

「ここは？」

体を起こすと、そこは真っ暗だった。

いや本当にここどこ？

確か私は商人ギルドに薬草を売りに行って、その帰りに合成スキルを使って防壁《ぼうへき》を強化した。

そのあとのことが思い出せない。

「目が覚めたかい？」

突然《とつぜん》知らない人の声が聞こえたかと思ったら、ギイイと鈍《にぶ》い音と共に眩《まぶ》しい光が目に入ってくる。

「誰《だれ》⁉」

真っ暗な場所に居たから、光がまぶしい。

ゆっくり目を開けて光になじませると、室内の様子が見えてきた。

どうやらここは部屋の中のようで、光を背にして現れた見知らぬおじさんが一人。いや後ろに二、三人ガラの悪そうな男達《たち》の姿が見える。

「初めましてお嬢《じょう》さん」

おじさんはにこやかに私に話しかけてくるけれど、喜色に満ちた声のトーンが周囲の状況《じょうきょう》に合わなすぎて逆に不気味だ。

これはアレだよね。私、もしかして誘拐《ゆうかい》……された？

思い当たる節はないことはない、というか節しかない、かな？

「貴方《あなた》は……？」

私は警戒《けいかい》しつつも質問を投げかける。

とにかく今は情報を得ないと。

「私は……キーマ商店の主《あるじ》、と言えば分かるかな？」

「キーマ商店……って、ええっ⁉　おじさんあのお店の店主さん⁉」

あれだよね、ニャットと一緒《いっしょ》に買い物をしたお店だよね！

なんでそんな人が私を誘拐した訳⁉

「その通りだよ。君もウチの店を贔屓《ひいき》にしてくれていたそうだね。ご利用ありがとう」

「ど、どういたしまし……て？」

いや何で普通《ふつう》に営業トークしてくる訳？

「そ、それで何で私はこんな所に居るんですか？」

とにかく目的を聞かないと。

と言っても一人旅をしてる私を攫《さら》って身代金《みのしろきん》を要求とかはないだろうし……となると私の稼《かせ》いだお金か最高品質の薬草が目当てとか？

「いやね、君が倒《たお》れているのを店の者が見つけてね。これはいけないと保護したんだよ」

うっそだー！　こんなあからさまに閉じ込《こ》めましたって言わんばかりの真っ暗な部屋の床に直置《じか》きしておきながら保護とかありえないって！　せめてベッドのある部屋で寝《ね》かせてよ！

「それは……嘘《うそ》ですよね？　倒れた人間を保護したのなら、ベッドに寝かせるのが普通だと思いますよ？」

私は恐《おそ》る恐る相手の言葉を否定して真意を促《うなが》す。

何をされるか分かんない以上、相手の神経を逆撫《さかな》でする危険を冒《おか》さないようにしないと。

「いやいや、嘘ではないさ。この部屋も君の才能を狙《ねら》っている者達から守る為《ため》だよ」

「才……能？」

えっと、このおじさん何を言ってるの？

「部下から聞いたよ。君は何らかの手段を要して城壁崩《じょうへきくず》しに破壊《はかい》されそうだった防壁を強化したんだってね」

「え⁉」

うそ⁉　アレを見られてたの⁉
ヤ、ヤバいヤバいヤバい！　薬草の売り上げとかならまだしも、スキルのことを知られちゃった⁉
これってアレ⁉　ニャットの言ってた悪人に捕《つか》まって一生スキルを利用され続けるパターンのヤツ⁉

「まさか君が錬金術師《れんきんじゅつし》だったとはね‼」

うわぁぁぁぁやっぱ合成スキルのことがバレて……⁉

「……え？」

錬金術？　え？　何？　何のこと？

「誤魔化《ごまか》す必要はないとも。なるほど、錬金術師ならば何らかの錬金術を使って防壁を強化することも出来るのだろう」

え、ええと、なんかよく分かんないけど、このおじさんは私が錬金術師だと勘違《かんちが》いしてくれたみたい。

セーフ！　これならなんとか誤魔化せるかも！

「失われたイスカ草の群生地を知っているだけでなく、ロストポーションの製造法も知っている錬金術師が手に入るとは私はツイているっっ‼」

あっ、コレなんか駄目《だめ》っぽいヤツですね。分かります。

唐突《とうとつ》に出てきたイスカ草の名前とロストポーションの名に私は嫌《いや》な予感がバリバリしてくる。

「安心したまえ。君が協力的な態度に出てくれるのなら私もそれに相応《ふさわ》しい待遇《たいぐう》を君に用意しよう。私の店の専属錬金術師として厚遇するし、護衛もつけよう」

それって多分護衛という名の監視《かんし》ですよね？

「それに若い身の上で一人旅というのも大変だろう。それ程《ほど》の錬金術の腕《うで》を持っているのなら孤児《こじ》とは考えられない。かといってその幼さで保護者無しの旅というのもやはり考えにくい。となるとご家族に何かしらの不幸があって家を出たのではないかね？　それとも良く聞く親族による家の乗っ取りかね？」

いえ、どちらでもないです。寧《むし》ろ私に不幸があって異世界に転生しました。

っていうか、この世界に親族による家の乗っ取りとか良く聞くレベルで発生するの？

あと幼いとか言う！　ぶっ飛ばすぞおっさん！

「まぁいいさ、深くは詮索《せんさく》はしない。寧ろそれなら私が力になってあげよう。私なら君が欲《ほ》しい物を何でも与《あた》えられる。住む場所も、食事も、服も、アクセサリだって与えよう」

うわー、意外と高待遇。自由がなさそうなところを除けば。

「だから、教えてくれないかね？」

「教えるというと……？」

「もちろんイスカ草の群生地の場所だよ！　君は知っているのだろう？　だからこそロストポーションを作ることが出来た！」

ああ、やっぱこの人はイスカ草の群生地があると思ってるんだ。

うわー、これはマズいぞ。イスカ草は私の合成スキルで作ったものだから群生地なんてある訳がない。

でもそれを素直《すなお》に言っても信じてくれないだろうし、かといってたまたま一本だけ手に入れたからもうないなんて言っても信じないだろうなぁ。

ヤバい、この状況詰《つ》んでるのでは？

「……それとも、もしや君はイスカ草を使わない新たなロストポーションのレシピを開発したのかね？」

そっちも違います!!

「何のことやら……」

「隠《かく》しても無駄だよ。片腕を失った鋼《はがね》の翼《つばさ》のイザックが何らかの方法で腕を取り戻《もど》した前後に、君と出会っていたことは既《すで》に調べがついている」

調査能力高いなこのおっさん！

「いやいや、私はただの子供ですよ。そんな凄《すご》い商品を仕入れることが出来る訳ないじゃないですか。私はメイテナさんの弟子《でし》であって、イザックさんとは大して面識ないですよ」

そう！　私はメイテナさんの弟子ですから！　ただの弟子！

私は涙《なみだ》を呑《の》んで子供アピールをする。おのれおっさん！　この恨《うら》みは必ず晴らす！

「ふふふ、ただの子供ね。だがただの子供が町に来て早々、最高品質の薬草を大量に販売《はんばい》することが出来るのかね？」

「うぐっ⁉」

そ、それを言われると辛《つら》い！

「更《さら》に数日と経《た》たず、君が金貨数百枚を商人ギルドに預金した話も聞いているよ。随分《ずいぶん》と高価な品を取り扱《あつか》っているようだ。しかしいったい誰に何を販売したのかね？」

めっちゃバレてるぅぅぅぅぅぅぅ‼

「他の人の話と間違えてないですか？」

とりあえずシラを切ってみる。

「いや、私の部下が商人ギルドの友人から直接聞いたそうだよ。凄い新人商人が現れたとね」

個人情報保護法ぅぅぅぅぅぅぅぅぅぅぅぅぅっ‼

ファンタジー世界にはないかもしれないけど、それでも顧客《こきゃく》の情報をペラペラ喋《しゃべ》るのはどうかと思いますよぉぉぉぉぉ‼

くっそー、ここを逃《に》げ出したら受付のお姉さんに苦情を言って情報を漏《も》らした奴《やつ》をとっちめてもらうぞ‼

いや、それよりも今は目の前の問題を何とかしないと。

イスカ草の群生地なんて存在しないし、薬草みたいになんちゃって群生地を作るにも見張られてるだろうから合成スキルを使うのは危険すぎる。

代替《だいたい》素材を使ってロストポーションを作れるっていう話を利用するにしても錬金術が使えないから作るところを見られたらアウト。

これは……マジで詰んでいるのでは？

うわぁぁぁぁぁぁん！　助けてニャットォォォォォ‼

「ふむ、すぐに正直にはならないか」

と、私が無言で悩《なや》んでいたのを反抗的《はんこう》態度と勘違いしたらしいおっさんがゆっくりと立ち上がる。

ま、まさか拷問《ごうもん》とかそういうのするつもり⁉

「しばらくここでゆっくり考えると良い」

「へ？」

「私も忙《いそが》しいのでね。次に来る時までに答えを決めておくといい」

どうやら拷問タイムではなかったみたい。

よかったぁぁぁぁ。

「ああそうそう、ここで大声を出しても誰にも聞こえないよ。それに部下が見張っているからね、逃げようとしてもムダだ。おとなしくイスカ草の群生地への道を思い出しておくことをお勧《すす》めするよ。

それと君の荷物は預かっておいた。錬金術師と言えど、錬金に使う素材が無ければ何も出来ないからね！　はっはっはっはっ！」

そう言っておじさんは笑いながら部屋の外へと出て行った。

ご丁寧《ていねい》にガチャンと鍵《かぎ》のかかる音を残して。

「……はぁ、ヤバいことになったなぁ」

とりあえず時間的猶予《ゆうよ》は出来たみたいだけど、あくまで時間が延びただけ。

このままじゃどうしようもないことに変わりはない。

「それまでにニャットが助けに来てくれるかな？」

いやどうだろう。大声を出しても無駄って言ってたし、ここは人気《ひとけ》のない場所か、もしかしたら地下室とかかもしれない。

ニャットが私を見つけるには時間がかかるだろう。

そもそも私が誘拐されたことをニャットは知らないし、護衛はあくまで旅の間だけ。

最悪、町の中は護衛の契約範囲《けいやくはんい》外だからと私を置いて町を出て行ってしまう可能性だって無い訳じゃない。

そんな薄情《はくじょう》なヤツじゃないと思いたいけど、勝手に攫われた私を捜《さが》す義理が無いのも事実なんだよね。

「自力で出るしかない……か」

とはいえ、装備は全部取られてるしなぁ。

錬金術じゃないけどあのおっさんの言う通り、私は素材が無ければスキルを使えない。

「部屋の中には……駄目だ、なにも無い」

部屋の中は薄暗《うすぐら》く、扉《とびら》に開けられたのぞき穴から洩《も》れる光がわずかに中を照らしているだけだった。

そんな薄暗い明かりを頼《たよ》りに手探《てさぐ》りで室内を探ってみたけど部屋にはなにも無く、唯一《ゆいいつ》小石が一個あっただけだった。

「これはまた念入りだなぁ」

部屋の中の物を錬金術に使われない為かな？　それとも誰かが部屋に入ってきた時に凶器《きょうき》として使えないようにする為かな？

まぁどっちでも同じことか。

「小石一個じゃなぁ。あとは扉があるくらい……」

ふと私は手に持った小石を見つめる。

そして扉に近づくと、もう片方の手で扉に触《ふ》れる。

「これを使えば」

もしかしたら……いやでも無理かも。

「ううん、どうせこのままだと詰みなんだ。ならやるだけやってみる‼」

覚悟《かくご》を決めた私は思いつきを実行に移す！

「うぐぐっ……」

まずはのぞき窓に手を伸ばすと、懸垂《けんすい》の要領で体を持ち上げて通路を確認《かくにん》する。

よし！　傍《そば》に見張りは居ない！

なら人の来ない今のうちに！

「小石に扉を合成！」

目の前の扉が眩《まばゆ》く輝《かがや》く。

そして光が収まった後に残ったのは……。

手の上に乗った小さな石だけだった。

目の前の扉は姿を消し、人が一人通れる広さの道が開いている。

「や、やった！」

やった！　やったよ！

合成スキルで扉を小石に合成して消すことに成功したよ。

ありがとう小石くん‼

「うっひょー！　これ凄すぎない！　私のスキル可能性ありすぎ！」

おっとっと、はしゃいでいる場合じゃない。

「さっさとここから逃げ出さないとね！」

見事扉を合成して取り除いた私は、意気揚々《ようよう》と暗闇の部屋から抜《ぬ》け出したのだった。

◆

合成スキルを使って部屋を脱出《だっしゅつ》した私は、周囲の確認をする。

どうやらこの部屋は一番奥《おく》の部屋だったらしく、他にもいくつか部屋があった。

他の部屋の扉にも鍵が付いていることから、ここは牢屋《ろうや》として使っているみたいだ。

でも人が居る感じはしないから誰も居ないっぽい。いや居たら居たで困るんだけど。

長居は無用と進んで行くと、階段が見えてきた。

「やっぱり地下室だったんだね」

慎重《しんちょう》に足音を立てないように上ると、また通路に出る。

通路にはいくつか扉が見える。正面に一つ、左右に二つずつだ。

「多分正面が出入り口かな？　でもあっちは多分番人みたいなのが居るよね？」

私を逃《のが》さないためだけじゃなく、誰かが入り込まないように見張りは必須《ひっす》だろう。

あとは見張りの交替要員が居る部屋もありそう。

「正面から出るのは絶対悪手だよね。だとすると他の部屋の窓から逃げるのが得策か」

私は一番近い部屋の扉に耳を当てて、中から人の声や音が聞こえないか確認する。

そして音がしないことを確認してから、少しだけ扉を開け中の様子を確認する。

よし、人は居ない。

部屋の中は真っ暗だったので、扉を開けて中の様子を見る。

「ここは……物置？」

そこにはいろいろな物が乱雑に置かれていた。

よく分からないものから、薬草やポーションなどの商品まで様々。

中には白い革鎧《かわよろい》や装飾《そうしょく》の綺麗《きれい》な短剣《たんけん》、それに魔法の袋《ふくろ》まで……。

「って、これ私の装備じゃん！」

うおー！　盗《と》られた装備発見！

私はすぐに革鎧と短剣を装着する。

幸い革鎧はベルトで固定するタイプだったので、フルプレートの金属鎧みたいに装着に手間はからない。

「あとは魔法の袋を装着して完璧《かんぺき》！」

ふっふっふっ！　装備を取り戻した私は強いぜ！　ボールスライムにだって負けはしないんだからね！

……うん、普通に怖《こわ》い人達には勝てる気がしません。

「装備は戻ったけど戦うのは無謀《むぼう》だよね。となると予定通り逃げるか。窓は……ないか」

窓を探してみるけれど、どこにもそれらしいものはなかった。

まぁ部屋の中が真っ暗だったからある程度そんな気はしてたけどさ。

「となると何か使えそうなものは……」

私は部屋に乱雑に積まれた荷物を見る。

「暗いから何が使えるのか分かんないなぁ」

通路から明かりを持ってこようかな？

そう思って通路に近づいた私はヤバい音を聞いてしまった。

「さて、お嬢ちゃんは今頃《いまごろ》ビービー泣いてる頃かなー」

やば！　見張りが来た！

私は慌《あわ》てて扉をそっと閉じる。

だ、大丈夫《だいじょうぶ》だよね？　閉めたのバレなかったよね⁉

幸い、見張りは私に気付くことなく階段を下りて行った。

これは早いところ別の部屋を探した方がいいね。

「なんだこりゃ！　扉が無ぇ⁉」

ってしまったぁぁぁぁ！　扉が無くなってるんだからバレるに決まってるじゃん！

あーっ！　扉じゃなくて蝶番《ちょうつがい》とかに合成しておけばよかったー！

なんて言ってる場合じゃない、すぐに逃げないと！

「脱走《だっそう》だー！　ガキが脱走したぞ‼」

しかし見張りの行動は迅速《じんそく》だった。

「なんだと⁉」

「ガキが⁉」

ドアが開く音がして、通路がドタドタと騒《さわ》がしくなる。

「旦那《だんな》が帰ってまだ間もない！　外に逃げ出す時間はないだろうから、どこかの部屋に隠れている筈《はず》だ！　しらみつぶしに捜せ！」

うわぁー！　完全にその通りですぅー‼

行動が的確過ぎません⁉

ヤバいヤバいヤバい！　ドアをガチャガチャ開ける音が聞こえてくる。

このままだとこの部屋の番はすぐだよ！

「あわわわっ！　ええと、合成、でも何を合成すれば……」

この暗い部屋じゃ合成する為の素材を確認なんて出来ないし、下手に合成して変なものが出来たら捕まる前に私が死にかねない！

確実に安全で逃げ出す為に使えるものは……。

「ああもう！　逃げ出すための窓さえあればこの部屋の荷物を足場にして逃げれるのに！」

なんでこの部屋の壁《かべ》には窓が無い訳⁉

「ん？　壁？」

そこで私はある考えに思い至る。ドアが出来たのなら……。

「出来るか？　いや考えてる時間はない。やるしかない！」

覚悟を決める間もなく私は部屋の壁に向かう。

けれど部屋の中は大小様々な荷物まみれで床が埋《う》まっていた。

どうする⁉　こんなのどかしてる暇《ひま》もないよ！　それに明らかに重い物もあるし！

「そうだ！　魔法の袋！」

私は魔法の袋の口を下にして持つと、邪魔《じゃま》な荷物の上から魔法の袋を被《かぶ》せて中に入れていく。

「よし！　これなら重さも関係ない！」

とにかくまっすぐ壁に向かって荷物を仕舞《しま》っていく。

そしてなんとか壁にたどり着いた。

「一か八か、えっと、この手に持った壺《つぼ》に壁を合成！」

そして一面の壁が眩く光ったその後には……。

「見えた！」

真っ暗な森の姿が見えていた。

ここは町の中じゃなくて森の中⁉

「なんだ⁉　今何か光が見えなかったか⁉」

やばっ！　合成の光が扉の隙間《すきま》から洩れた⁉

私はすぐに森の中に飛び込んでいく。

「空が暗い！　もしかして今は夜⁉」

暗い森を見た私は、初めて異世界に来た時のことを思い出す。

「もしかしたら魔物に襲《おそ》われるかもしれない……でも！」

私は恐怖《きょうふ》を押《お》し殺して森の中を突《つ》き進む。

大丈夫！　森での歩き方はメイテナさんに教わった！

「それに襲われても今の私なら鎧と盾《たて》で防げる！　反撃《はんげき》の手段もある‼　使い方も教えてもらった！」

なら、躊躇《ためら》う理由なんてない！

追手の声を後方から聞きながら、私は夜の森へと姿を消したのだった。

第15話　森の中の逃亡《とうぼう》

合成スキルで建物の壁《かべ》を消した私は、森の中を駆《か》けていた。

と言っても森の中は暗いから藪《やぶ》に引っかかったり木にぶつかったり木の根に足を引っかけたりして走り辛《づら》いったらありゃしない！

「あいたぁっ⁉」

どうやら木にぶつかったみたいで鼻が痛いぃ。

「ガキはどこだ！」

「魔法使《まほうつか》いを連れてこい！　探索魔法《たんさくまほう》を使わせろ！」

げぇー！　探索魔法なんてあるの⁉

とにかく急いで逃《に》げないと！

私は手探《てさぐ》りで木を避《さ》けながら進む。

「あっちに逃げる反応があるぞ！」

「追え追えー！」

ぎゃー！　もう見つかったー！

「そうだ！」

私は腕《うで》に装着した盾《たて》で顔を庇《かば》うように構えるとスピードを上げる。

どうせ暗くて見えないんだから視界が悪くなっても変わらないしね！

「これならいける！　鎧《よろい》を装着したのは正解だったね」

盾と鎧で多少は藪に肌《はだ》を引っかかれることを避けられている。

木にぶつかるのはどうにもならないけど、それでも最初に盾に当たるから、腕は痛いけど鼻をぶつけて動きが止まることはない。

でも歩幅《ほはば》の差はどうにもならなかった。

後ろから追手の声と松明《たいまつ》の光が近づいてくる。

「見つけたぞ！　ガキだ！」

私を見つけた追手がスピードを上げて近づいてくる。

「マズいマズいマズい、このままじゃ追いつかれる！」

何かないか何か‼

「……そうだ！」

私は魔法の袋《ふくろ》を逆さに持つと、その中に手を突《つ》っ込《こ》む。

「出てこいデッカい壺《つぼ》とか箱‼」

手に当たったものをかきだすように袋の外に出すと、大きな壺や箱がゴロゴロと転がって出てくる。

そして壺や箱は私のすぐ後ろまで来ていた追手達《たち》にぶつかる。

「ぐわぁぁぁっ‼」

「な、何でこんな所に壺がおわぁっ‼」

「やった！　成功！」

邪魔《じゃま》な荷物を手当たり次第《しだい》魔法の袋に詰《つ》め込んでよかったぁ！

上手《うま》く追手を回避《かいひ》した私は逃走《とうそう》を再開する。

そして追手が近づくとまた壺や箱を転がして妨害《ぼうがい》を繰《く》り返していた。

追手の方も迂闊に近づくと暗い足元に障害物が転がってくるので近づけないでいる。

ただ、それも長くは続かなかった。

「やっば、在庫が切れた」

見た目以上に荷物が入る魔法の袋といえど、入る荷物の量には限度がある。

遂《つい》に妨害に使える大きさの壺や箱が無くなってしまったのだった。

更《さら》に悪いことは続く。

「グルルルッ」

そう、恐《おそ》れていた相手が姿を現したのだ。

「ま、魔物……!?」

私の進行方向から現れたのは身の丈《たけ》３ｍはあろうかという大きな獣《けもの》だった。

追手の松明の光くらいしか灯《あか》りが無いので詳細《しょうさい》な姿は分からないけど、危険な存在なのは過去に
襲《おそ》われたことからも明らかだ。

「っ！」

戦う？　私は腰《こし》の短剣《たんけん》に手を当てる。

でも目の前の相手はボールスライムとは訳が違《ちが》う。

戦って勝てる自信なんて欠片《かけら》もない。

それに後ろには追手が居る。魔物と戦っている時間なんてない。

「へへっ、こりゃ好都合だな」

文字通り時間切れになってしまった。

魔物を相手に動きを止めている間に追いつかれてしまったらしい。

前門の魔物、後門の追手と状況《じょうきょう》は最悪だ。

どうする私？

魔物は頭を低くしていつでも私に飛び掛《か》かれる姿勢を見せている。

「ほらお嬢《じょう》ちゃん。魔物に襲われたくなけりゃゆっくり後ろに下がってきな。俺《おれ》達が守ってやるからよ」

追手の声は優《やさ》し気だけど、捕《つか》まったら何をされるか分かったもんじゃない。

「だったら、覚悟《かくご》を決めるしかないよね」

私は盾を前に構えると魔物に向かって飛び込んでいった。

そうだ！　初めて森の中で魔物と戦った時と比べたら装備は万全《ばんぜん》なんだからね！

「「「なっ⁉」」」

「グオゥッ‼」

追手が驚《おどろ》く声と魔物の雄叫《おたけ》びが重なる。

狙《ねら》いは一つ、盾で攻撃《こうげき》を受け流してそのまますり抜《ぬ》ける！

だが私の考えは甘《あま》すぎた。

魔物の反応は私の予想以上に早く、その爪《つめ》は受け流すことも出来ずに盾のど真ん中に命中。

結果私は野球ボールのように軽々と吹《ふ》き飛ばされた。

「うぎっっ⁉」

吹き飛ばされた私は森の木々にぶつかってようやく動きを止め、ズルズルと地面に落ちる。

「くっ、あぁ……」

い、痛い！　痛い！

盾と鎧のお陰《かげ》で魔物の爪による怪我《けが》はなかったけど、魔物の膂力《りょりょく》で木に叩《たた》きつけられればそりゃ痛いに決まってる！

「っかぁっ！」

あまりの痛さで息が出来ない！

「っ～～～～かはっ‼　はぁっはぁっ」

漸《ようや》く肺が呼吸を再開したことで私は大きく息を吸う。

幸運にも魔物が追撃してくることはなかった。

「くそっ！　この野郎《やろう》！」

「なめんな魔物が！」

どうやら森の闇《やみ》の中に吹き飛ばされたことで追手は私の姿を見失い、魔物は目の前の追手達を新たな獲物《えもの》と認識《にんしき》したらしい。

「くっ！」

私は痛む体に鞭打《むちう》って起こすと、必死で足を動かす。

正直言って走るというより歩くといった方が正しい程度の速さしかでていない。

それでも少しでもここから離《はな》れないと。

「あ……はは、簡単に吹き飛ばされるような小さい体で……良かった」

ふふふ、小さい体で良かったと思ったのは生まれて初めてじゃない……かな？

早く！　早く森の外に！　街道《かいどう》に出れば誰《だれ》か人に出会えるかもしれない！

「つーかまーえた」

けれど、絶望的な声と共に私の肩《かた》がガシリと掴《つか》まれた。

「っ⁉」

そのまま体が後ろに引っ張られて地面に叩きつけられる。

「うあっ⁉」

「ようやく追いついたぜガキ。まったく手を焼かせやがって！」

松明の光が私を取り囲む。

駄目《だめ》だ、もう逃げられない……。

絶望が心を包み込む。

「さーて、一人でお外に出る聞き分けのない子はどうしちゃいましょうかねぇ」

「おいたをしないように足を折るのはどうだ？」

「おお、いいねぇ！」

恐ろしい言葉をさも名案のように話す追手達。

逃げたい、でも逃げる場所がないし体も満足に動かない。

「なーに、後でポーションを使って治してやるさ。逃げられないように鎖《くさり》で繋《つな》いだらな！」

男の両腕が私の脚《あし》を掴みへし折ろうと力を入れてくる。

「うあぁっ⁉」

脚が軋《きし》む痛みに思わず声が漏《も》れる。

「おー、可愛《かわい》らしい悲鳴だこと」

「おいおい、可哀《かわい》そうだからさっさと折ってやれよ」

「何言ってんだ。余計な手間をかけさせられたんだぜ。しっかりお仕置きしてやらないとな」

「同感だニャ」

「え？」

聞き覚えのある声が聞こえたと思った瞬間《しゅんかん》、脚の痛みが消えた。

次いでボトリと何かが落ちる音。

視線を向ければ、そこには人間の腕が二本落ちていた。

「は？」

視線を上に向ければ、呆然《ぼうぜん》とした顔で肘《ひじ》から先が無くなった自分の腕を見つめる追手の男。

「う、うあぁぁぁ！　俺の腕がぁぁぁぁ！」

え？　な、何が起きたの⁉

「大の男がギャーギャー煩《うるさ》いニャ！」

その声と共に吹き飛ぶ追手の体。

その代わりに現れたのは、真っ白でフワフワな毛の塊《かたまり》だった。

「ニャッ……ト？」

「無事ニャ、カコ？」

そう、私の護衛のニャットだった。

「ニャット‼」

「待たせたニャ。後はニャーに任せるニャ！」

来てくれた！　ニャットが来てくれた！　助けに来てくれた！　幻《まぼろし》じゃないよね⁉

「な、何だテメェ！　やるつもりか⁉」

「こっちは何人いると思ってんだ！」

突然《とつぜん》のニャットの乱入に驚いていた追手達だったけれど、すぐに我に返ると声を張り上げてニャットを威嚇《いかく》する。

「フンッ、おニャー等如《らごと》き何匹《びき》居ても同じニャ。御託《ごたく》はいいからかかって来るニャ」

「舐《な》めやがってぇー！　ぶっ殺せ！」

「「おおーっ‼」」

追手達がニャットに襲い掛かる。

けれどニャットはヌルンと液体のように体をくねらせると追手の攻撃を華麗《かれい》に回避して逆に爪の一撃で反撃を加える。

「ファイアーボール！」

その時だった。追手の一人が魔法を放ってきたのだ。

しまった！　魔法使いが居たんだった！

「森の中で火を使うとか素人《しろうと》ニャ！」

ニャットは慌《あわ》てることなく魔法を回避しつつ、尻尾《しっぽ》で地面を弾《はじ》くと離れた位置に居た魔法使いがギャッ！　と悲鳴を上げて倒《たお》れた。

見ればその顔にはこぶし大の石がめり込んでいた。

「やろぉ！」

残る一人の追手がニャットに襲い掛かるけれど、ニャットはその攻撃に対してネコパンチでカウンターを叩き込む。

「ぐはぁっ！」

ニャットのネコパンチを受けた男はさっきの私のように吹き飛ばされ、森の木にぶつかるとそのまま地面に崩《くず》れ落ちた。

「すっごー……」

いやいや、小柄《こがら》な私と追手じゃ体格が違いすぎない？　それを吹っ飛ばすとか、ニャットの力はどれだけよ……。

圧倒《あっとう》的なニャットの実力の前に、追手達はあっという間に倒されてしまった。

私の必死の逃亡劇の意味とは……い、いやいや！　私が希望を捨てずに逃げ出したからこそニャットと再会出来たんだよ！　きっとそう！　そうに決まってる！

「大丈夫《だいじょうぶ》かニャ、カコ？」

追手を全滅《ぜんめつ》させたことを確認したニャットは私に向き直るといつもの声音《こわね》で話しかけてきた。

あっ、やば、その声を聞いたら涙腺《るいせん》が緩《ゆる》んできた。

「ニャットォ〜」

私は痛む体を堪《こら》えてニャットにちかづく。

けれど足がもつれて倒れてしまう。

危《あや》うく地面に倒れる寸前でニャットが体を割り込ませて私を受け止めてくれる。

「おっと」

「あ、ありがとう」

「随分《ずいぶん》やられたみたいだニャ」

「えへへ、色々あったんだよ」

ニャットは藪で傷ついた私の頬《ほお》を労《いたわ》るように舐める。

あ、いやザラザラしてちょっと痛いです。

「よく頑張《がんば》ったニャ。カコ」

「っ！　う、うん」

でもその優しい声を聞いたことで、必死に堪えていた感情があふれ出した。

「わ、私、頑張ったよ。必死に逃げたんだよ」

「そうかニャ」

「魔物にも襲われたけど、頑張って逃げたんだよ」

「ほう、やるじゃニャいか」

「すっごいすっごい怖《こわ》かったけど頑張ったんだよ！」

「ニャニャ。よく頑張ったニャ」

「うん、頑張った！　私頑張った！」

私はだらしない顔を見られたくなくて、ニャットのモフモフの毛皮に顔をうずめる。

ちょっとだけ、ちょっとだけだから。

「無事かカコ！」

そんな時だった。突然メイテナさんの声が聞こえてきたのだ。

「え？　メイテナさん？」

顔を上げると事実メイテナさんの姿がそこにはあった。

「な、なんでメイテナさんが？」

「おニャーが攫《さら》われたと聞いて捜索《そうさく》を手伝ってくれたのニャ」

「そうなの⁉」

「良かったカコ！」

メイテナさんが私の体をぎゅうっと抱《だ》きしめるんだけど、鎧が体にぶつかって痛い。

「い、痛いですメイテナさん」

「す、すまない！」

メイテナさんは慌てて離れる。

「ああ、ひどい傷じゃないか。カコの赤ちゃんみたいなプニプニの肌が台無しだ」

「赤っ……⁉」

ちょっ、赤ちゃん⁉　子供を通り越《こ》して赤ちゃんとな⁉

「すぐに治してやるからな！　パルフィ！」

「はいはーい」

メイテナさんの声に応《こた》えるようにパルフィさんも森の暗がりから姿を現した。

「パルフィさんも？」

「ええ、イザックとマーツも来てるわよ。メイテナが一人で先行するから追いかけるのが大変だったわ。それよりも治療《ちりょう》するからじっとしててね。『ヒール』」

パルフィさんが回復魔法を唱えると、私の体がほんのりと光り出す。

「はわわ⁉」

そして体のあちこちにあった傷がみるみるうちに治っていったのである。

「回復魔法凄《すご》っ⁉」

うわー！　うわー！　これが回復魔法なんだ！　私魔法初体験だよ！

「ふふ、大した傷じゃなかったからよ」

「ありがとうございますパルフィさん」

すっかり痛みが引いた私は、傷を治してくれたパルフィさんにお礼を言う。

「どういたしまして」

「さぁ、それじゃあ帰ろうか」

「はい！」

「早く帰って飯にするニャ！」

あっ、言われてみれば私ご飯食べてなかったよ！　思い出したらお腹《なか》が空《す》いてきたなぁ。

「いやいや、その前にやることがあるだろお前さん方」

そんな私達に呆《あき》れた声をあげたのはイザックさんだった。

「「「え？」」」

やること？　何かあったっけ？

「森が火事になりかけてるんだが」

「あ、れ」

イザックさんが指を差した先を見れば、何故《なぜ》か森の木々が燃えていて、マーツさんが慌てて消火作業をしていた。

「「「あっ！」」」

そ、そういえばさっき追手が炎《ほのお》の魔法でニャットを攻撃してたんだった！

それが森の木に当たって火が広がっちゃったんだ！

「うわわわっ！　早く消さないと‼」

「やれやれ、最後まで締《し》まらニャいニャア」

いいから消火作業を手伝わないとぉーっ‼

第16話　旅立ちのカケラ（表）

そこは真っ白な空間だった。

「ここは……」

全《すべ》てが白い綿毛に包まれた空間。

何もかもが白くて、何処《どこ》までも白い絨毯《じゆうたん》が広がっている。

「なにここ」

そこに誰《だれ》かが居た。

白くてモフモフしてて……モフモフしてて……。

モファ。

「ふがっ」

目が覚めると視界が白い物体に包まれていた。

ついでに口の中にも。

「むわっ⁉　何々？」

慌《あわ》てて起き上がると、そこには大きな白い毛玉が丸まっていた。

「え、えーと……あっ、ニャット！」

そうだった、昨夜はなかなか寝付《ねつ》けなくてニャットを抱《だ》き枕《まくら》にして寝たんだった。

「そっか、私帰って来たんだっけ」

周囲を見回せばそこは明るい宿の部屋。

冷たい石の床《ゆか》でも真っ暗な部屋でもない。

「帰って来たんだ」

窓から入ってくる日の光を浴びて安堵《あんど》の気持ちが広がってくる。

気持ちが落ち着いてくると同時に眠気《ねむけ》が戻《もど》ってきた。

「ふぁ……ニャットもまだ寝てるし、私ももうちょっとだけ寝ようかな」

再びニャットの懐《ふところ》に潜《もぐ》り込《こ》み、二度寝を決めようとしたその時だった。

コンコン。

「おはようございますマヤマカコ様」

「っ⁉」

え？　だ、誰⁉

突然《とつぜん》名前を呼ばれて私は飛び起きる。

なになになに⁉　この宿ってモーニングコールなんてしてくれるの⁉

いやそんなサービスはなかった筈《はず》。

ってことはまさか、昨日の連中の仲間に宿の場所がバレた⁉

「ニャット、ニャット！」

「んー、こんな時間にニャんニャァ？」

「知らない人がドアの向こうに居るんだよ！」

「んニャァ～？」

私はニャットを揺《ゆ》り起こす。

「も、もしかしたら昨日の連中の仲間かも」

「声をかけてきたんニャ？　……とりあえず話を聞いてみるニャ」

「……わ、分かった」

ニャットがそう言うならと私は返事をする。

「だ、誰ですか？」

「宿の者ですが、衛兵隊の方がいらっしゃってお話を聞きたいとおっしゃっているんですが」

衛兵隊？　一体なんで？

私はニャットにどうしようと視線を送る。

「多分昨夜のことだニャ」

「あっ」

そうだった。私は誘拐《ゆうかい》されたんだもんね。

昨夜メイテナさん達《たち》と別れる時に、捕《つか》まえた追手を衛兵隊に突《つ》きだすって言ってたっけ。

そっか、昨日の連中じゃなかったんだぁ。よかったぁ。

「わ、分かりました」

◆

私が扉《とびら》を開けると、部屋に数人の鎧《よろい》を着た大人の人達が入って来た。

そしてその中でリーダーと思《おぼ》しき人が腰《こし》を落として私と目線を合わせる。

「朝早くからすまないね」

「い、いえ」

「昨日は相当大変な目に遭《あ》ったそうだね。町の治安を守る者として申し訳ない」

「そ、そんなことはありません。昨日は魔物《まもの》が町を襲《おそ》っていたんだから仕方ないですよ！」

そう、昨日は皆《みな》本当に大変だったんだから、それを責めるのはお門違《かどちが》いって奴《やつ》だ。

寧《むし》ろ町を守ってくれてありがとうございますと言わないとだよ。

「っ！　なんと気丈《きじょう》な！　こんな小さいのに……」

突然衛兵さん達が口元を押《お》さえて顔をそむける。

え？　何、その態度？　あとこいつらも小さいって言わなかったか!?

「す、すまない。我々は昨日の件で君から話を聞きに来たんだ。ある程度の事情は鋼《はがね》の翼《つばさ》から聞いているが、やはり被害《ひがい》に遭った本人からも聞かないといけないからね。辛《つら》いとは思うが、どうか話を聞かせてほしい」

つまるところ事情聴取《ちょうしゅ》だね。

正直言えばあんまり思い出したくないけれど、被害者から話を聞くのは重要なことだから仕方ないよね。

「分かりました」

「ありがとう」

私は合成スキルを使ったことを誤魔化《ごまか》しながら昨日起こったことを隊長さんに説明してゆく。

「うむ、鋼の翼から聞いた内容とおおよそは同じだね。それでキーマ商店の店主を名乗った男の顔はハッキリとは見えなかったんだね？」

「は、はい。暗くてはっきりとは……でも声は聞いたので本人に会えば多分分かると思います」

そうなんだよね。背丈《せたけ》や輪郭《りんかく》は分かったんだけど、はっきり顔を描《えが》けるかというとちょっと難しい。

そんな私の答えを聞いた衛兵さん達はうーんと唸《うな》る。

「何か問題があるんですか？」

「実はだね。鋼の翼に引き渡《わた》してもらった賊《ぞく》からキーマ商店の店主に命令されたという情報を我々も手に入れたんだ」

おお、それじゃあ犯人逮捕《たいほ》確定なんじゃないの⁉

「だが我々の問い詰《つ》めを受けたキーマ商店の店主はそんな連中は知らない。でたらめだと言い張っていてね」

「はぁっ⁉」

何それ！　言い逃《のが》れって自分の部下を切り捨てるつもりなの⁉

「その人と会わせてください！　見れば分かりますから！」

「そうしたいのはやまやまなんだが、君はハッキリと顔を見ていないんだろう？　声だけとなると流石《さすが》に証拠《しょうこ》としては不十分でね。それに……」

「それに？」

まだ何かあるの？

「上の方から暗に捜査《そうさ》を止《や》めろとお達しを受けてね」

「ええっ⁉」

それってもしかして圧力って奴ですか⁉

「キーマ商店の店主はこの町でも有数の資産家だ。恐《おそ》らくは役人に賄賂《わいろ》を渡して事件を握《にぎ》りつぶすつもりなんだろう」

何それーっ！　不正反対！　真実を白日の下《もと》にさらけ出せぇー！

「実は以前にも鋼の翼から君を狙《ねら》っていた不審者《ふしんしゃ》を引き渡されたんだがね」

ええ⁉　メイテナさん達そんなことしてくれてたんだ⁉

「だがそいつらはいつの間にか牢《ろう》から姿を消していたんだ。恐らくは協力者によって逃《に》がされたんだろう。そんな訳でこれ以上の調査は難しいんだ」

隊長さんは悔《くや》しそうに言葉を絞《しぼ》り出す。

ぐぬぬ、なんてこった。

せめて証拠があればなぁ……証拠……っ！

「そうだ！」

私は部屋の片隅《かたすみ》に置いてあった魔法《まほう》の袋《ふくろ》を持ってくると、ひっくり返して手を袋の中に突っ込む。

「昨日詰め込んだ倉庫の荷物！」

すると魔法の袋の中からボタボタと小さな袋やらなんやらが出てくる。

よし！　やっぱり入ってた！

「これは何だい？」

「昨日私を誘拐した犯人から逃げる際に倉庫にあった荷物を片《かた》っ端《ぱし》から魔法の袋に詰め込んだんです」

「逃げる為《ため》に荷物を詰め込んだ？　何でまた？」

何でそんなことをしたんだと首を傾《かし》げる隊長さん達に、私は自分が逃げる為に邪魔《じゃま》だった大きな荷物を手当たり次第《しだい》に魔法の袋に詰め込んだことを話す。

流石に合成スキルで壁《かべ》を消したことは言えないので、その辺は適当に昔手に入れた使い捨てのマジックアイテムで消したとだけ言っておく。

「それで足止めになる大きな荷物は全部使い切ったんですけど、手当たり次第に詰め込んでいたんで小さい荷物はまだ残っていたんです」

そう、大きな荷物は使い切ったけど、夢中で詰め込んでいたから小さな物もうっかり詰め込んでいたんだよね。

「成る程《ほど》な。確かにその体じゃ大きな荷物をどかして壁に行きつくのは無理がある」

くっ、しれっと体が小さいって言われた！

「けどまさか魔法の袋を逆向きにすると持てない重さの荷物を入れることが出来るとは驚《おどろ》いたな」

「これ、土砂崩《どしゃくず》れや落石を撤去《てっきょ》する際に使えないか？」

「ああ、確かに！　上手《うま》くすりゃ今度から落石撤去が楽になるぜ！」

なんか衛兵さん達は、荷物の話よりも魔法の袋の使い方の方に喰《く》いついてる。

「お前達、それは後にしておけ。それよりも荷物の検分だ」

衛兵さん達は小さな箱や袋を開封《かいふう》すると、その中身を確認《かくにん》してゆく。

「隊長、この箱、妙《みょう》に高そうな宝石が入ってましたよ」

「こっちの袋からは毒草が出てきました。薬として使えるものかどうかは錬金術師《れんきんじゅつし》に確認する必要がありますね」

「こっちはマジックアイテムですね。効果は調べないと分かりませんが、高いのは間違いないですよ」

どうやら中身は高額な物ばかり入っていたみたいだけど、その毒草はちょっと怖《こわ》いなぁ。

「ふむ、誘拐犯が持っていた高額の品と毒草か。事件の匂《にお》いがプンプンするな。宝石やマジックアイテムは盗難《とうなん》の線で調べろ！」

「「はい！」」

隊長さんの指示を受けて部下のうち二人が部屋を出て行く。

そして交代とばかりに別の衛兵さん達が部屋に入って来た。

「隊長、森で発見した荷物とアジトと思しき建物を捜索《そうさく》したところ……」

「何っ⁉　違法《いほう》な薬草だと⁉」

「ふぇ⁉」

隊長さんの剣幕《けんまく》に驚いた私が思わず声を上げると、隊長さんはしまったとばかりに口を押《お》さえて部下と共に部屋の外に出て行く。

そして何かを指示したところで隊長さんだけが戻って来た。

「席を外して申し訳ない」

「あの、今違法な薬草って……」

「あ、あー……」

隊長さんは困ったと額に手を当てて唸ると、大きく溜息《ためいき》を吐《つ》いて顔を上げた。

「詳《くわ》しくは言えんのだが、君を誘拐した犯人の荷物から犯罪につながる品がいくつも発見されたんだ」

それが私の転がした壺《つぼ》や箱に入ってたって訳かぁ。

「予想外に大きな事件になったのでキーマ商店への取り調べは厳しくなると思う。だが上と繋《つな》がっている以上、店主を捕《と》らえるのは難しいだろうな。良くて部下が独断で犯罪を行ったとして捕まるのは部下のみ。キーマ商店も罰金《ばっきん》といったところだろう」

うむむ、つまり店主は実質無罪放免《ほうめん》ってことかぁ。悔しいなぁ。

「代わりと言ってはなんだが、押収《おうしゅう》した荷物の中から発見された金銭の一部を被害者への慰謝料《いしゃりょう》として支払《しはら》えないか上に掛《か》け合ってみる予定だ。これは現実に被害者がいる以上、上も大きく反対は出来ないだろう。俺《おれ》達に出来る精いっぱいの嫌《いや》がらせって奴だな」

「隊長さん……」

うう、この隊長さんはいい人だなぁ。

「子供を誘拐するような悪党は許せんからな」

いや、やっぱノーカンで。

けど店主を捕まえられなかったのは悔しいなぁ。

顔をはっきり見れなかったのも痛いけど、賄賂を渡された役人に邪魔されたせいで逮捕出来ないってのが本当に悔しい！

もっと直接的に逮捕につながる物があればなぁ。

私は他に何かなかったかと袋の中身を漁《あさ》るけれど、出てくるのはニャットに狩《か》ってもらった魔物の魔石くらいで……。

ゴトリッ
と、その時だった。

魔法の袋の中からメイテナさんに貰《もら》った短剣《たんけん》が出てきた。

「短剣？　これは君のか？」

「えっと、これは私の師匠《ししょう》から貰ったんです。困ったことがあったらこれを見せろって」

「見せる？　これを？　確かに装飾《そうしょく》は凝《こ》っているな。もしかしてどこかの貴族の……っ!?」

短剣をまじまじと見ていた隊長さんだったけど、突然その動きが止まった。

「う？　嘘《うそ》だろ？」

「はい？」

何故《なぜ》か隊長さんがダラダラと汗《あせ》を流し始める。

「ほ、本当にこれを貰ったのかい？」

「はい。恩人だからと」

「恩人……」

隊長さんは何度も私と短剣を交互《こうご》に見比べてる。

そしてようやく止まったかと思うと、震《ふる》える手で短剣を返してくれた。

「な、成る程、これを見たからにはいい加減な捜査は出来な……出来ませんね。全力で捜査に当たらせてもらいます！」

え？　何？　何で急に敬語？

メイテナさんの短剣を見ただけで態度が一気に変わったけど、これは一体……。

あっ、もしかして短剣の紋章《もんしょう》ってメイテナさんの所属していた騎士団《きしだん》だったから？

衛兵隊と騎士団じゃ騎士団の方が格上っぽいし、そんな相手への紹介状《しょうかいじょう》代わりになる短剣の持ち主が関《かか》わった事件を適当に対応したら叱《しか》られるだけじゃすまないって思ったのかも。

その後、隊長さんは走り去るように捜査に戻っていった。

「これで何とかなりそうだね？」

「だニャ」

うーん、虎《とら》の威《い》を借る狐《きつね》って感じでちょっと申し訳ないけど、でもこれなら上手く犯人を捕まえてくれるかもだよ！

「でもこれからどうしよっか。事件が解決するまではまだかかるよね」

「そうだニャア。人間は段取りを大事にするからすぐには捕まえることは出来ないと思うニャ」

「だとするとまだ暫《しばら》くは外を出歩くのは危険だよね」

残念だなぁ。色々試《ため》したいこともあるのに。

「そもそもおニャーがニャーの言った通り迂闊《うかつ》に出歩かニャきゃこんなことにはニャらなかったのニャ」

うぐっ、それを言われると弱いです。

「この町に滞在《たいざい》するなら暫く大人しくしておくニャ」

「暫くかぁ……」

私はこれからどうなるのかを考える。

隊長さん達は全力で捜査すると言ってくれたけど、上の役人からは止められてるんだよね。

となると結局犯人は捕まらずじまいになる可能性も高い。

「いっそ町を出るのもありかなぁ」

うん、寧ろ出た方がいいかも。

元々この町には当座の生活費を稼《かせ》ぐ為に居た訳だし、キーマ商店がこれからもあるのなら、私にとっては治安の悪い町と変わらない。

魔物の群れが襲ってくるって意味でも怖い町だったしなぁ。

「うん、決めた！　この町を出るよ！」

私は自分の決断をニャットに伝える。

「おニャーがそうしたいのならニャーはそれで構わないニャ」

「よーしそれじゃあさっそく旅の準備として……」

「肉と香辛料《こうしんりよう》を買い溜《だ》めするニャアッ！」

「そっちかい！」

そんな訳で私は町を出ることを決めた。

その後私は隊長さんに慰謝料がもらえたら商人ギルドの口座に入れてほしいと頼《たの》み、お金を下ろすついでに商人ギルドにも町を出ることを報告しに行った。

「そんな！　ウチはカコさんの薬草採取能力をとても高く買っているんですよ!?」

お姉さんは心底残念そうにそう言ってくれた。

「すみません。キーマ商店とトラブルになって。これ以上町に居たら何されるか分かんなくて……」

「……キーマ商店がですか？」

「はい。証拠が無いんですが多分間違いないです」

「そう……ですか。キーマ商店が……あの男、そろそろシメた方が良さそうですね」

「え？」

今何かお姉さんが不穏《ふおん》な発言をしたような気が……。

そんなこともありつつ、私達は商人ギルドを後にしたのだった。

◆

そして翌朝、私とニャットは町を出た。

「さよなら、トラントの町。色々あったけど結構楽しかったよ」

さぁ、次の町に行こうか！

第17話　旅立ちのカケラ（裏）

◆数日後・キーマ商店店主◆

「くそっ、面倒《めんどう》なことになったな」

まさかあの子供があそこから逃《に》げ出せるとは思わなかった。

しかも見張りに置いておいた連中まで全員捕《つか》まってしまった。

「役立たず共め。せめて死ねば口封《くちふう》じになったものを」

不幸中の幸いだったのは小娘《こむすめ》が私の顔をはっきりと見ていないことだ。

「それならどうとでも誤魔化《ごまか》せる。うっとうしい衛兵共は賄賂《わいろ》を贈《おく》った役人に頼《たの》んで圧力をかけてもらえば良い。森の中に作った禁制品の倉庫が押収《おうしゅう》されたのは……痛いが止《や》むをえまい」

アレを集める為《ため》に使った金は惜《お》しいが、ほとぼりが冷めた頃《ころ》に役人に手を回して高価な品だけでも回収するとしよう。

とりあえず取引の期日が近い商品だけでも回収しておかねばな。

「あの小娘め、おとなしく私の言うことを聞いていれば良かったものを！」

すぐにでもあの小娘を捕まえたいが、今は鋼《はがね》の翼《つばさ》に警戒《けいかい》されているから手が出せん。

「そもそも監視《かんし》を命じていた馬鹿《ばか》共が焦《あせ》って誘拐《ゆうかい》したことがいかんのだ！」

侯爵《こうしゃく》家の娘に警戒されていたのだから、ほとぼりが冷めるまで待てば良かったものを！

衛兵共はなんとでもなるが問題は侯爵家だ。高位貴族を敵に回すのは不味《まず》い。

「だが捕まった部下を切り捨てたことで時間は稼《かせ》げた筈《はず》だ」

捕まった部下には役人を介《かい》し「後で手を回して助けてやる、更《さら》に追加で報酬《ほうしゅう》を渡《わた》すから自分の独断で行ったと自白しろ」と命じてある。

勿論《もちろん》助けるつもりなどない。犯人が勝手に自白しただけのこと。

後で切り捨てられたと気づかれる前に自殺に見えるよう毒殺でもすれば事件は迷宮入《めいきゅうい》りだ。

その隙《すき》にあのお方に頼んで捜査《そうさ》をうやむやにしてもらわねば！

いつも無茶な注文をしてくるのだ。こういう時くらい役に立ってもらわねばな！

「あとはあの小娘だ」

あの娘は私を警戒したのか、急いで町を出て行った。

だがそれは寧《むし》ろ好都合というものだ。

「町から離《はな》れ助けが来ない位置まで行ったところで捕《と》らえる。護衛のネッコ族は数で押《お》し込《こ》めば問題ないだろう。念のため鋼の翼の動向も監視させるか。今度は説得などと生ぬるいことは言わん！拷問《ごうもん》でも何でもして力ずくで情報を吐《は》かせてやる！」

そしてイスカ草を独占《どくせん》する！　そうすれば侯爵家と敵対する派閥《はばつ》の貴族を後ろ盾《だて》に出来る！

敵対派閥の高位貴族の保護を受ければクシャク侯爵家と言えど容易に手を出すことは出来なくなる。

そして向こうが手をこまねいている間に、私はイスカ草から作ったロストポーションで王室御用達《ごようたし》の地位を得るのだ！

「くくく、まだ終わっていない！　まだ十分に立て直せるぞ！　よし、あのお方に捜査をうやむやにしてもらうよう連絡《れんらく》を……ん？　アイツはどこに行った？」

ふと気づくといつもそばに居る部下の姿が無かった。

ヤツはただの店員ではない。あのお方が私に与《あた》えた連絡役だ。

表向きは部下として傍《そば》に置いているので私の側近として働いてもらっている。

仮にも私の傍にいる者が仕事の内容を知らないでは困るのでな。

だが困ったことにあいつは突然《とつぜん》姿を晦《くら》ます悪癖《あくへき》があった。

「あいつはこの大変な時にどこに行ったのだ！　自分があのお方との連絡役だという自覚が無いのか！」

あいつがいなければあのお方に連絡が取れないではないか！

早く帰って来いと私は焦りを募《つの》らせる。

その時だった。突然扉《とびら》が開かれたと思ったら大勢の衛兵達《たち》が部屋の中に侵入《しんにゅう》してきたのだ。

「な、なんだ一体⁉」

「キーマ商店店主クライブ、貴様を誘拐および違法《いほう》な商取引を行っていた容疑で捕縛《ほばく》する」

「な、なんだと⁉」

私を捕らえるだと⁉　だが私が犯人である証拠《しょうこ》は見つかっていない筈だ！

「ご、誤解だ！　私は何もしていない！　先日の誘拐事件は私の名を騙《かた》った犯罪者の犯行だ！」

事実部下には自分達の犯行だと偽《いつわ》りの自白をさせている。

荒事《あらごと》専門で店に出入りさせていない連中だったから、町の人間にも面が割れていない筈だ！

「確かにそちらの件の確たる証拠はまだ見つかっていない。犯人も自分の独断だと自供している」

「そ、そうだろう！　ならさっさと出て行ってくれ！」

「だがな、とある人物からの情報提供でお前が裏であくどい商売をしていることが判明したんだよ」

「な、何だと⁉」

情報提供⁉　まさか部下が私を裏切ったとでもいうのか⁉　いったい誰《だれ》だ⁉

「お前が盗品《とうひん》の売買および違法な薬草の取引、更には意図的に薬草を買い占《し》めポーションの価格吊《つ》り上げを行っていたことも分かっているんだ」

「そ、それは……」

馬鹿な！　何故《なぜ》それがバレた⁉

「しかも森の建物の中から発見された違法薬草の中には、特定の加工をすると魔物《まもの》を誘引《ゆういん》する危険な植物が大量に貯蔵されていたとの報告もある。魔物が森に大量発生したのもこの植物が原因だろうと薬師《くすし》ギルドの保証付きだ」

や、やばい！　あの薬草まで見つかったのか⁉

「ま、待ってください。私はそんな危険なシロモノの仕入れを命じた覚えはありません。それも私の名を騙った犯人の仕業《しわざ》ですよ！　だいたい魔物を誘引するのは加工したらなんでしょう？　理屈《りくつ》が合いませんよ‼」

「残念ながら、その植物は加工せずとも、ある程度魔物を誘引する性質があるんだとさ。しかも人間には分からない匂《にお》いが残るらしくてな、積み下ろしをした奴《やつ》や荷を載《の》せた馬車がこの町に来ていたらどうなると思う？」

「っ⁉」

つまり、その植物の残り香に釣《つ》られて魔物が町に向かってくるということか……⁉

だがアレを持ってきたアイツはそんなことを言わなかったぞ⁉　あの方の命で一旦《いったん》森に隠《かく》してお
いてほしいとしか言わなかったぞ⁉

衛兵は一冊の紙束を取り出して私に見せつける。

「更にこれはタレコミの情報を基《もと》にこの店で発見された二重帳簿《にじゅうちょうぼ》だ」

「……なっ⁉」

ば、馬鹿な！　二重帳簿の場所は誰にも教えていないんだぞ！

「ご丁寧《ていねい》に結界のマジックアイテムで隠してあったよ。そんな高価な物で隠すということは、よほ
ど見られたくない帳簿ということだよなぁ」

「う、ああ……」

「すでにこの帳簿の文字がお前の筆跡《ひっせき》であることは確認《かくにん》済みだ。更に森に無許可で建造された建物
から押収した品とこの帳簿との照合も既《すで》に終わっている」

な、何でこんなことになったんだ⁉

何故二重帳簿のことがバレたんだ⁉

何故隠し場所が見つけられたんだ⁉

「ま、待ってください。これは何かの間違……」

「お前にはいろいろと詳《くわ》しく話を聞かせてもらうぞ。盗品の中には貴族から捜索依頼《そうさくいらい》が出されてい
た品も見つかったからな。貴族の品に手を出してタダで済むと思うなよ！」

しかし衛兵共は私の弁解に聞く耳を持たず、体を強引《ごういん》に押《お》さえつけて手枷《てかせ》を嵌《は》めた。

「全く侯爵家を敵に回すとは馬鹿なことをしたもんだな」

「っ⁉」

耳元で衛兵が口にした言葉に私は思わず顔を上げてしまう。

「ま、まさか⁉」

衛兵隊がここまで迅速《じんそく》に動いたのは侯爵家の差し金だったのか⁉

裏帳簿も侯爵家の者が見つけたのか⁉

そ、そんな……まさか侯爵家がここまで早く動くなんて……。

「終わった……」

体から力が抜《ぬ》け地面にへたり込んでしまうも、衛兵達は情け容赦《ようしゃ》なく私を立たせる。

「行くぞ！」

ああ、どうしてこんなことになってしまったんだ……。

「ははっ、好奇心《こうきしん》はネッコ族を殺す……か」

あんな娘に手を出さなければよかった……。

こうして、私は全《すべ》てを失ってしまったのだった。

第18話　幕間《まくあい》　神獣《しんじゅう》の独り言

ニャーの名はニャット。

誇《ほこ》り高きネッコ族の戦士……ということになっているニャア。

ニャーの本当の正体、それは神界で暮らしているボンクラ女神《めがみ》に仕える神獣だニャ。

と言っても世界によほどのことがニャい限りニャー達《たち》神獣の出番はないのニャ。

なので基本的にニャー達神獣は暇《ひま》を持て余しているのニャ。

自宅待機って奴《やつ》ニャ。

けど獣《けもの》の名を持つニャー達がじっとしていられる訳がないのニャ。

普段《ふだん》は神界で自由気ままに暮らしているニャー達だけど、どうしても退屈《たいくつ》が耐《た》えられない時は下界に遊びに行くのニャ。

下界は神界と違《ちが》って刺激《しげき》的だからニャ。

下界に降りるときは世界に混乱をもたらさない為《ため》に現地の生物の器《うつわ》を用意するのニャ。

例えば地球なら猫《ねこ》とかだニャ。

特に地球はお気に入りニャ。

猫専用の美味《おい》しい食べ物が沢山《たくさん》あるのニャ！

ニャーは大体月一で地球に降りてご近所で美味《うま》い飯巡《めぐ》りをするのニャ。

既製品《きせいひん》から手作りまで、人間達はニャー達猫を全力で持てニャしてくれるのニャ。

更《さら》に猫じゃらしやらなんニャらで接待まで完備ニャ！

くっくっくっ、ニャーの芸術的フォルムの前には人間共もメロメロなのニャ！

ただ今回はうっかりしてたのニャ。

たまたま寄った家で持てニャされた食事が予想外に美味かった為に、ついその味を反芻《はんすう》しながら歩いてたのニャ。

結果ニャーは人間の乗る車に撥《は》ねられてしまったのニャ。

とはいえニャーは神獣。

地上の民《たみ》の作った物で死ぬことはニャいのニャ。

せいぜい地上用の器が壊《こわ》れるだけで、ニャーの本体は神界に戻《もど》るのニャ。

現にこういったうっかりはこれまでにも何百回かあったのニャ。

けれど今回はいつもと違ったのニャ。

ニャんと何も知らニャい人間がニャーを守る為に巻き添《ぞ》えを喰《く》らってしまったのニャ！

これにはニャーも焦《あせ》ったのニャ。

まさか人の情が薄《うす》いと言われるこの時代に、他猫の為に命を投げ出すようニャ人間がいるとは思わニャかったのニャ。

さしものニャーもこれには反省したのニャ。

けれど神々のルールで死者の蘇生《そせい》は禁じられているのニャ。

昔どっかの世界の馬鹿《ばか》が死者を蘇生させ過ぎて世界が大変なことにニャッてしまったからなのニャ。

だからニャーはせめてこの人間の魂《たましい》が来世は良い所に生まれるように神様に頼《たの》もうと思ったのニャ。

幸いにもニャーの主《あるじ》の女神が、ニャーが世話になったからと手続きをしてくれていたのニャ。

流石《さすが》ニャーの主だニャ！

ほうほう、女神直々《じきじき》に加護を与《あた》えて自分の管理する世界に転生させたと……。

はぁ――――――っ!?　バッカニャねーの!?

お前の世界ってめっちゃ魔物《まもの》が徘徊《はいかい》してる世界ニャねーか！

しかも言語や向こうの世界に合わせた身体《からだ》の再構成と、最低限の加護を与えただけで世界の違いからくる常識の齟齬《そご》への説明も無し、しかも適当に送ったから人里から遠く離《はな》れた森の中にニャッてんじゃニャいかぁーっ!?

前言撤回《てっかい》！　とんでもねぇポンコツ女神だニャ！

ニャーは転生担当の天使を呼ぶと、ポンコツ女神の尻《しり》ぬぐいとニャーが現地に降臨する為の時間のズレや諸々《もろもろ》の辻褄《つじつま》合わせを頼んだニャ。

そしてニャーはとにかく急いで下界に降りたのニャ！

幸い、転生した人間はギリギリ助けることが出来たのニャ。

とはいえ問題は山積みニャ。

この人間は異世界に転生した人間が本来受けれる筈《はず》だった現地知識なんかの加護が欠落していたのニャ。

加護も雑に与えられた所為《せい》で本来の力を発揮出来ていニャいようニャ。

これは天使に連絡《れんらく》して対応してもらうのニャ。

ふむふむ、加護を使うことで成長という形で本来の加護を発動出来るようにすると。

確かに今の不安定な状態で加護が定着している以上、急に加護を完全発現させてしまったらこの人間が負荷《ふか》で倒《たお》れてしまうのニャ。

やれやれ、これはしばらくの間ニャーが傍《そば》に居て守ってやる必要があるのニャ。

この世界の常識もニャーが教えてやらニャいとニャ。

とはいえ、現地の生物に擬態《ぎたい》している間はニャーの正体を明かす訳にはいかないのニャ。

それが神々のルールであり、既《すで》に転生してしまっている以上、この人間は現地の生き物。ニャーの正体は明かせニャいからこの世界の常識説明も回りくどくニャるのニャ。

神獣の正体を明かさないといけないような大事件でも起きれば話は別ニャけど、そんな大事件そうそう起きる訳がないしニャ。

やるべきことが纏《まと》まったニャーは人間のメンタルケアに勤《いそ》しむことにしたニャ。

ほら天使が用意してくれた肉を喰うニャ。

うむ、焼き立ての肉は美味いのニャ！

ん？　食わないのニャ？

何をかけているのニャ？

香草《こうそう》？　ニャーにもくれるのニャ？

…………っ!?

うニャァァァァい‼　ニャンだこれ!?　ビックリするくらい美味いニャ‼

ただ香草をかけただけニャのにニャんでこんニャに美味いのニャ⁉

どうニャらこの人間は料理人だったみたいだニャ。

しかしこれは好都合ニャ。

ニャーは料理と引き換《か》えにこの人間と護衛契約《けいやく》を結ぶことにしたのニャ。

決して料理に眼《め》が眩《くら》んだ訳ではニャいのニャ。

人間は一方的に与えられるだけでは警戒《けいかい》する生き物なのニャ。

だから料理という対価を要求することで人間に対等な取引だと錯覚《さっかく》させたのニャ。

くっくっくっ、ナイスな作戦だニャ。

これでこの人間がこの世界に慣れるまで美味い料理が食べ放題だニャ！

と思ったのもつかの間。

ポンコツ女神がこの人間に与えた加護はとんでもないものだったニャ。

不幸中の幸いだったのは、与えられた加護の発現が不完全だったことだニャ。

もし加護の価値が理解出来てない内に十全に加護の力を発揮していたら、この世界の市場は大混乱、その原因であるこの人間は悪党に捕《つか》まって死ぬまでこき使われていたところだニャ。

早くニャーがこの世界の常識を教えてやらニャいとだニャー……って、思ったそばからやらかしたのニャー‼

書き下ろし　至高の干し肉

トラントの町を出た私とニャットは、次の村に向けて旅を続けていた……んだけど。

「ふぇ～、疲《つか》れたぁ」

ずーっと徒歩で移動していたので、もう足がヘトヘトだよ。

「カコは貧弱《ひんじゃく》過ぎるのニャ。これじゃあ今日中に次の村には着けないのニャ」

「無ー理ーだーよー。乗せてー」

現代っ子に車も自転車も無しでの長距離《きょり》移動は無理だよー。

「毎回乗せてたら体が成長しないのニャ」

くっ、意外にスパルタだよこの猫《ねこ》！

「しょうがニャいニャ。そろそろ暗くニャるし、今日はここで野営するのニャ」

「やったー！」

これで休めるよー。

「ニャーは野営の準備をするから、カコは飯を作るのニャ！」

「えー、もうちょっと休ませてよー」

「そんなこと言ってたらあっという間に暗くなるのニャ。明るいうちに準備をするのニャ」

「はーい」

なけなしの気合を入れて立ち上がると、私は食事の用意を始める。

ちょうど近くにイイ感じの岩があったので、これを簡易的なキッチンとして使おう。

「カマドの用意が出来たのニャ！」

「うわっ、仕事早っ⁉」

見れば確かに石を積んで作った簡易カマドが出来上がっている。

「早く肉が食べたいのニャ！」

おおぅ、お肉を喰《く》わせろという圧が強い！

しかも石を組んで作ったカマドには既《すで》に火がついていて、いつの間にか薪《たきぎ》が燃えている。

「ニャットは火をつけるの上手だよね」

この世界ライターとかないだろうし、時代劇に出てくるような火打石とかを使ってるのかな？

「この種火石を使えば簡単ニャ」

そう言ってニャットが見せてくれたのは首元に下げていた赤い石だった。

「種火石？」

「そうニャ。この種火石は夜は灯《あか》りになるだけじゃなく、魔力《まりょく》を込《こ》めると火種になるのニャ」

「おお、ファンタジーアイテム！」

そういえばニャットと初めて会った時もその石が光ってたっけ。

「魔法が使えない人間でも使えるから便利なのニャ」

「いいなー。私も欲《ほ》しいなー」

「金貨500枚するのニャ！」

「うわお、めっちゃ高い」

今の私なら買えないことはないけど、それでも高いな。

んー、でも灯りにもなるのなら欲しいなぁ。

っていうか私に魔力ってあるのかな？

ともあれ火の準備が出来たのなら先にお湯を沸《わ》かしておこう。

私は魔法の袋《ふくろ》から鍋《なべ》と水筒《すいとう》を取り出すとカマドの上に鍋を置いてから水をそそぐ。

さて、お湯が沸く前に下準備といこうか。

私は魔法の袋から大きな葉っぱを取り出す。

これはホオーバの葉という葉っぱで、竹皮のように抗菌《こうきん》作用があるんだ。

旅人は洗ったホオーバの葉を旅のまな板代わりに使うんだって。

使い終わったら薪にくべるのでゴミになることもないというエコアイテムなんだよ。

ホオーバの葉に皮を剥《む》いた野菜をのせると、一口サイズにカットしてゆく。

今日は外での料理だから、時間がかからないようにちょっと小さめにカットして鍋に投入。

本来ならここでしっかり何時間も煮込《にこ》んでブイヨンを作るところなんだけど、流石《さすが》にそれは手間なのでパス。

代わりに町で購入《こうにゅう》した携帯《けいたい》コンソメっぽい簡易調味料を鍋にほうりこむ。

とはいえこの携帯コンソメ、ちゃんとしたコンソメじゃないので味はやや美味《おい》しくない。お湯よりはマシというもので、かつお値段も安くない。

そんな微妙《びみょう》な代物《しろもの》なのである程度お金に余裕《よゆう》のある人しか買わないんだよね。

それでもないよりは全然マシなので、これを買う人はそこそこ成功している人の目安なんだって。

ただ、地球の美味しい料理を知っている私からしたら、やはり美味しくない。

「けど合成スキルを使えば！」

はい、最高品質の超《ちょう》高級コンソメに早変わり！

お湯に溶《と》かしたスープを味見してみれば、得も言われぬ美味！

「うん、美味しい！　次はお肉だよ」

ホオーバの葉にのせるはキラキラと輝《かがや》かんばかりのお肉！

勿論《もちろん》ただのお肉じゃない。私の合成スキルで最高品質に合成した超高級食材だよ！

味見したニャット曰《いわ》く、キロ金貨10枚は堅《かた》いとお墨《すみ》付きをもらった程《ほど》だ。

「もしかして私って、町でお肉を売るだけで大金持ちになれたんじゃ……」

……いやお肉だけを延々《えんえん》と売り続ける異世界生活ってどうよ。

生活は安泰《あんたい》だけど、ファンタジーとか夢とか希望は完全に消え去っている気がする。

「さて、それじゃあ一口大の大きさに、あっ、胡椒《こしょう》胡椒……」

お肉に揉《も》み込むための胡椒を用意しないと。

この世界だと胡椒って貴重品ではあるんだけど、それでも同じ量の金と同価値とまではいかない。

美味しくなるけどこれを買うのは食道楽なんだろうなって感じるくらいの絶妙《ぜつみよう》な金額なんだよね。

魔法の袋から胡椒を取り出した私が、さっそくお肉に揉み込もうと立ち上がった瞬間《しゅんかん》。

ガッシャーン!!

「え!?」

突然《とつぜん》背後から物凄《ものすご》い音が鳴り響《ひび》いた。

振《ふ》り返れば簡易カマドが崩《くず》れ落ちていて、鍋がひっくり返っている。

「あ――――っ⁉」

えー、なになになにっ⁉　カマドの積み方が良くなかったの⁉

「やられたニャ！　ローグバードだニャ‼」

騒《さわ》ぎを聞きつけてやって来たニャットが空を見上げて、しまったと声を上げる。

「ローグバード⁉」

同じく空を見れば、青い空の中には鳥の姿があった。

その両脚《りょうあし》には私達《たち》の物と思《おぼ》しき肉の塊《かたまり》が……。

「アイツは人様のメシをかすめ取るクソ鳥だニャ‼」

「鳥が取るの⁉」

「アイツは死体か死にかけの獲物《えもの》を狙《ねら》うのニャ！　だからニャー達を狙っていなかった所為《せい》で殺気を感じなかったのニャ！」

成る程、護衛のニャットが気付かなかったのはそういうことだったと。

そして肉を盗《ぬす》んだ時のはずみで鍋をひっくり返されてしまったらしい。

「ニャーの肉を返すニャー！」

ニャットは空に向かってお肉返せと叫《さけ》ぶけれど、ローグバードはそれを無視して空高く舞《ま》い上がる。

「参ったなぁ。お肉が無くなっちゃったよ」

カットする前の塊だったから、丸ごと持ってかれちゃったよ。

「残ってるのは干し肉だけだね」

「ニャァ～、もうニャーの舌はカコの作った肉料理舌だったのニャー‼」

完全に予定が狂《くる》ってしまい、ニャットはグンニャリと地面に溶けてしまった。

けれど直《す》ぐに復活するとニャットは森へ向かって駆《か》けだす。

「すぐに新しい肉を狩《か》ってくるのニャ‼」

「あっ、ニャット⁉」

行ってしまった。でもまぁ護衛の仕事はちゃんとやってくれるだろうから、そう離《はな》れた場所まではいかないでしょ。

「うーん、とりあえず私は香草《こうそう》でも採取しておこうかな」

ローグバードに滅茶苦茶《めちゃくちゃ》にされたカマドの石を綺麗《きれい》にした私は、ニャットが狩ってくるお肉に使う為《ため》の香草を採取することにした。

コンソメも使っちゃったから味付けが寂《さび》しいし、せめて合成した香草で少しでもニャットの機嫌《きげん》を直さないと……。

と、そこで私はあることを思いついた。

「あっ、そうだ。合成したら干し肉でも美味しくなるんじゃないかな？」

思い立ったら即《そく》実験。私は干し肉を新しいホオーバの葉の上に並べると、合成を開始する。

「干し肉を一括《いっかつ》合成！」

ピカッという音と共に沢山《たくさん》あった干し肉が数枚を残して消える。

「これで美味しくなったのかな？」

大丈夫《だいじょうぶ》だとは思うけど鑑定《かんてい》で試《ため》してみるかな。

『最高品質の干し肉：牛の魔物モーモルの干し肉。物凄く美味で絶妙な噛《か》み応《ごた》えと噛み切りやすさを誇《ほこ》る。お湯で戻《もど》すと味付けをしなくても美味なスープとなる』

「おお、いい感じだね！　さっそくやってみよう！」

鍋を洗って再びお湯を沸かすと、干し肉を一口大のサイズにカットして鍋に投入してゆく。

すると湯気の中に食欲を誘《さそ》う匂《にお》いが混じり出した。

「うん、これは美味しそうな匂いだね」

「カコォォォォォ‼」

引き続きスープを煮込んでいたら、ニャットが物凄い勢いで戻って来た。

「おかえりニャットー。何か獲《と》れたー？」

「まだニャ！　というかこの匂いは何だニャ⁉」

どうやら干し肉スープの匂いに引き寄せられて戻って来たみたいだった。

「干し肉スープだよ」

「これは干し肉の匂いなのかニャ⁉　まるで新鮮《しんせん》な肉みたいだニャ⁉」

へぇ、私には美味しそうくらいしか分からないけど、ネッコ族の優《すぐ》れた嗅覚《きゅうかく》にはそう感じるんだね。

「ところでその干し肉はどこの店で買ったのニャ？　他の町でも手に入るのならぜひ欲しいニャ！」

ニャットは干し肉に興味津々《きょうみしんしん》で鍋の中を見る。

「これは私のスキルで合成した干し肉だよ。だから普通《ふつう》のどこにでも売ってる奴《やつ》だよ」

「これが普通の干し肉なのニャ!?」

ニャットは信じられないと目を見開く。

「えっと、残ってるのあるけど味見してみる?」

「食べるニャ!」

私が余った最高品質干し肉を差し出すと、ニャットは物凄い勢いで口の中に放り込んだ。

「こ、これは美味いニャァァァァ!」

ニャットは夢中で干し肉を齧《かじ》ると、すぐに私に手を伸《の》ばしてきた。

「オカワリニャ!」

「いやおかずを探しに行くんじゃなかったの?」

「こんな美味い干し肉を食べたら他の肉どころじゃニャいのニャ!」

なんてことになって、結局今日の夕飯は干し肉のフルコースになった。

うん、最高品質の干し肉は普通に美味しかったよ。

スープは凝縮《ぎょうしゅく》された干し肉の旨味《うまみ》に満ちていて、干し肉を火で炙《あぶ》ったものはさらに柔《やわ》らかさを増して食べやすくなったんだ。

これを食べるとたまには干し肉料理も悪くないなって思っちゃうね。

「あー、満足だニャー」

食事を終えたニャットは、ゴロリとひっくり返ってヘソ天のポーズをとる。

君、猫なのに外でそんな警戒《けいかい》の欠片《かけら》も無い姿を……。

いくらなんでもこれはいかんのではないですかね?

だってお腹《なか》丸出しですよ？　動物の弱点はお腹だから腹は見せないってどっかの動物番組で言ってた気がするんですけど？

これはよろしくない。仮にも私の護衛がこの有様なのは油断し過ぎでしょう。

という訳で教育的指導‼

「とりゃー！」

私はニャットのお腹に情け容赦《ようしゃ》なくダイブした。

ふははははっ！　モフモフだー！

「ニャー⁉　いきなり何するニャー⁉」

「こんな場所でお腹を出してる方が悪いのニャー！」

「語尾《ごび》が甘《あま》いニャー！」

おお、こんな時でも語尾チェックは忘れない猫の鑑《かがみ》！

などと馬鹿《ばか》なことしつつ、私達の夜は更《ふ》けていくのだった。

あとがき

作者「『錬金術《れんきんじゅつ》? いいえ、アイテム合成です!』第1巻をお買い上げいただき、ありがとうございますーっ! 作者の十一屋《じゅういちや》でございます‼」
女神《めがみ》「はーい、主人公の女神です‼」
天使A「嘘乙《うそおつ》。ふんっ!(鳩尾《みぞおち》に良い音)」
女神「ぐほっ!」
天使A「しっ!(ガッツポ)」
女神「ちょっ、ゴホッ、主《あるじ》に対して不敬……」
天使A「作品とあとがきを乗っ取ろうとする不良女神には当然の処置では? あっ、わたくし本編では裏方を担当している天使Aと申します。大体コレの後始末が仕事です」
女神「コレ⁉」
作者「というわけで、あとがきではダラダラと本編の裏話とか適当に垂れ流していく所存」
天使A「そんなページの余裕《よゆう》はないので書籍《しょせき》化の苦労話とかしてください」
作者「書籍化作業で一番時間をかけたのはニャットのキャラデザの方向性について。担当さんとイラスト担当の赤井《あかい》てら先生と複数案を出しあって今のニャットになりました。本編に関しては読んだ人は知ってると思うけど、一部のシーンを別のシーンに統合したりとかはちょっと手間がかかったかな。他になんかあったっけ?」

女神「天使が言う事を聞かないんですけど、クーリングオフとか返品交換《こうかん》は出来ないんですか？」
作者「天使は主である神々に対応した成長を遂《と》げる存在なので、アカン女神付きになった天使は多少の差異こそあれど大体同じような個体に成長します（サポセン風）」
天使Ａ「つまり駄目《だめ》な主に渾身《こんしん》の一撃《いちげき》をかませる天使に成長するんですね」
作者「ザッツライッ」
女神「あれホントボディに効くんですけど⁉　っていうか女性に暴力を振《ふ》るうとかどうなの⁉」
作者「天使は無性なので男尊女卑《だんそんじょひ》も女尊男卑《じょそんだんぴ》も無いよ。究極の男女平等存在だよ」
女神「我神ぞ？」
天使Ａ「まともに働けば渾身の一撃を叩《たた》き込《こ》む必要もないんですよ。真面目《まじめ》に働け」
女神「部下が厳しい」
天使Ａ「主が無能すぎて困る」
作者「ではページも良い感じに終わりに近づいたので、このあたりでお開きにしようか」
天使Ａ「本作を見出《みいだ》してくださったＫＡＤＯＫＡＷＡの担当さん、そして素晴《すば》らしいイラストを描《か》いてくださった赤井てら先生に感謝を！」
女神「そしてこの本を手に取ってくれた皆《みんな》にも感謝を！」
作者「では次は2巻でお会いしましょう」

本書は、カクヨムに連載《れんさい》中の「錬金術？　いいえ、アイテム合成です！～合成スキルでゴミの山から超《ちょう》アイテムを無限錬成《れんせい》！～」を加筆修正したものです。

DRAGON NOVELS
ドラゴンノベルス

錬金術？　いいえ、アイテム合成です！
合成スキルでゴミの山から超アイテムを無限錬成！

2023年2月5日　初版発行

著　　者　十一《じゅういち》屋《や》翠《すい》

発 行 者　山下直久

発　　行　株式会社 KADOKAWA
〒102-8177　東京都千代田区富士見2-13-3
電話 0570-002-301（ナビダイヤル）

編　　集　ゲーム・企画書籍編集部

装　　丁　杉本臣希

D　T　P　株式会社スタジオ205 プラス

印 刷 所　大日本印刷株式会社

製 本 所　大日本印刷株式会社

DRAGON NOVELS ロゴデザイン　久留一郎デザイン室+YAZIRI

●お問い合わせ
https://www.kadokawa.co.jp/（「お問い合わせ」へお進みください）
※内容によっては、お答えできない場合があります。
※サポートは日本国内のみとさせていただきます。
※ Japanese text only

定価（または価格）はカバーに表示してあります。

ISBN978-4-04-074825-2　C0093